Nadar desnudas

ALFAGUARA

© 2012, Carla Guelfenbein

© De esta edición:

Santillana Ediciones Generales, S. A. de C. V.
Av. Río Mixcoac 274, Col. Acacias,
México, D. F., C. P. 03240, México.
Teléfono 5420 7530
www.alfaguara.com.mx

ISBN: 978-607-11-2082-3

Primera edición: julio de 2012

Diseño:
Proyecto de Enric Satué

Diseño de portada:
Dis&Play

Ilustración de portada basada en dibujo de Ichijo Narumi (1906)

Impreso en México

PRISA EDICIONES

Carla Guelfenbein

Nadar desnudas

Para Sebastián
Para Micaela

Índice

I. Enero 1973

Seducción cuadricular

Sophie tararea una canción con la vista fija en las puertas del ascensor. Nunca antes Morgana había advertido en ella ese aire optimista de quien confía en el mundo. No necesita mirar a Diego para saber que tiene una expresión de complacencia. De tanto observarlo ha llegado a descifrar sus gestos y predecir sus sentimientos. Ella también se siente contenta. Es la primera vez que asisten juntos a una velada.

Morgana le había pedido en reiteradas ocasiones que le permitiera participar en uno de sus encuentros sociales, pero Diego siempre se había negado. Según su parecer, cualquier persona que los viera juntos, aun teniendo en cuenta los años que los separan y la amistad con su hija, descubriría el lazo oculto que los une. Por eso, cuando Sophie le contó que él las había invitado a una cena en casa de un senador, fue tal su entusiasmo que visitó la casa de sus padres y a hurtadillas sacó del clóset de su madre un vestido para Sophie y otro para ella. El de Sophie tiene mangas largas y una transparencia en tonalidades verdes que se ajusta bien al espíritu de una chica etérea. El suyo es negro, de profundo escote en la espalda, y le otorga el talante de una mujer experimentada. Su madre debió comprarlos en un arrebato, pues los dos están lejos de su estilo recatado y formal.

Al llegar a la calle, Sophie deja de cantar. La noche parece hecha del susurro del río, del rumor del tráfico, de ladridos lejanos y risas tenues, un arabesco de sonidos que les insufla entusiasmo. Mientras caminan hacia el estacionamiento en busca del Fiat 600 de Diego, Morgana los toma a ambos del brazo. Diego hace el amago de zafarse, pero ella no se lo permite. Recuerda el poema de Thamár y Amnón, y recita:

—Thamár estaba cantando desnuda por la terraza. Alrededor de sus pies, cinco palomas heladas/ Amnón, delgado y concreto, en la torre la miraba.

—Delgado y concreto como tú, Diego —dice Sophie—. A veces pienso que deberíamos desconcretizarte un poco, ¿qué crees, Morgana? —pregunta, y ambas jóvenes ríen.

Diego sonríe de soslayo, con esa sonrisa un poco arqueada, acogedora y contenida, tras la cual nunca está claro si se oculta la satisfacción, la ironía o el desdén.

—Ustedes dos van a terminar por volverme loco —dice, y apura la marcha mientras en la calle las luces se agitan sobre las superficies grises de las fachadas.

*

El amplio departamento pertenece a un senador a quien Diego tiene en buena estima. Los comensales conversan en pequeños grupos, rodeados de grandes butacas, cuadros modernos y alfombras Khasan que le dan al lugar un aire cosmopolita. Pero su verdadero encanto radica en las enormes ventanas que miran hacia el parque y la Virgen iluminada del cerro.

Nada más entrar, Diego entabla una conversación con una mujer alta de piel tostada y rasgos angulosos de aristócrata, que lleva el pelo recogido en un elegante peinado. Morgana y Sophie se sientan en un sillón sin despegarse la una de la otra. Sophie, con una copa en una mano y un cigarrillo en la otra, exhala el humo con libertad, mientras ambas comparten miradas de connivencia, conscientes de la atención que suscitan y de lo atractiva que resulta su actitud desenvuelta. Hablan casi al unísono y salpican sus palabras con risas, sin fijar la atención en nada ni nadie. Morgana sabe, sin embargo, que es para la mirada de Diego que su cuerpo toma vida. Tan pronto sus ojos se topan, él sonríe lentamente y luego desvía los suyos para seguir charlando con la mujer.

Al cabo de un rato, Sophie descubre que entre los invitados se encuentra una famosa artista colombiana, y, estimulada por Morgana, se anima a acercarse a ella. Es una mujer menuda y sus ojos negros tienen el brillo sutil de una hematita.

Morgana se siente libre de separarse de su amiga, y con la copa llena comienza a vagar por el departamento. Va de grupo en grupo, sin intentar darle sentido a lo que escucha, sino más bien absorbiendo el deleite de un ligero mareo. Mientras pasea busca los ojos de Diego, que no siempre encuentra. La mujer a su lado mueve la cabeza, asiente a menudo, y de tanto en tanto suelta una risa, que al parecer la estimula a acercar su cuerpo más al de él. Un hombre vestido con llamativa elegancia tropical, y rodeado de un corro atento, desarrolla una teoría sobre las nuevas arremetidas del imperialismo. Frente a la ventana, Sophie continúa charlando con la artista. Pero la atención de Morgana vuelve a centrarse en Diego, en su mano, que ahora se ha posado en la cintura de la mujer, para luego encenderle un cigarrillo con un ademán concentrado, compartiendo de pronto con ella un grado más de intimidad.

—Hola. Eres española, ¿verdad? —escucha una voz a sus espaldas cuyo acento le resulta familiar.

Es un chico de cabello ondulado, con un rostro que irradia picardía. Un vello oscuro en el labio superior le confiere un aire de extrema juventud, y de toda su figura emana viveza. Sus frases están cargadas de casticismos y sustitutos de maldiciones que la hacen reír, iniciando así una charla alejada de esa potestad intelectual con la que están teñidas las conversaciones del resto de los asistentes. Él le cuenta que es músico y que está en Chile con su banda para dar una serie de conciertos a lo largo del país. Hablan de Franco, de Joan Manuel Serrat, del gobierno de Allende y de otros tantos temas por los cuales planean con entusiasmo y sin tropiezos. Aun así, Morgana tiene la impresión de que ha dejado de existir por sí misma y que su ser está confinado en Diego.

Al vaciarse sus copas, el muchacho le ofrece llenarlas. Mientras se aleja rumbo al comedor, ella busca una vez más a Diego y descubre que él la mira con fijeza. Rastrea en su semblante un mapa que le indique el camino a seguir, pero su expresión le resulta inescrutable. Cuando el músico regresa con las bebidas, Morgana toma una y bebe el contenido de un golpe. Advierte el calor del líquido que se desliza por su garganta. El chico la ha tomado por la cintura y le habla al oído. Ambos ríen y él roza su cuello con los labios. Es un gesto rápido que espolea sus sentidos. Podría, sin resistencia, llegar hasta el final, azuzada por la mirada de Diego, que, intuye, tiene puesta en ella, en ellos, por el deseo que sabe ha provocado en él ese contacto con el muchacho, y es justamente por eso, porque lo sabe y no quiere defraudarlo, que continúa y se deja conducir —secundada por sonrisas y caricias— a la terraza. La noche veraniega es fresca y chispeante. Una vez allí, contra la baranda y con el parque oscurecido a sus espaldas, el chico la besa. Al quedarse sin aliento, introduce una mano en el escote de su vestido y presiona con suavidad uno de sus pechos. Ella también lo besa, lo toca, y ciñe su cuerpo al de él. Se siente adormecida. Cierra los ojos y un leve mareo la envuelve, disociándola aún más de la realidad. Por eso, al oír la voz de Diego, le parece que sus palabras pertenecen al pozo de la imaginación.

—Ya nos vamos —le ha dicho.

Se desprende del muchacho y al volverse se encuentra con la mirada de Diego incrustada en ella. Reconoce en sus ojos ese matiz de caída, ese celaje que los envuelve cuando se despierta la avidez que tiene de ella. Se estira el vestido con un gesto rápido y torpe. Se siente perdida, como si de pronto una fuerza sobrenatural la hubiera despojado de su piel, y ahora, sin lugar donde ocultarse, se enfrentara a las dolorosas lancetas del sol. Diego menea la cabeza y le da una calada a un cigarrillo, y entonces ella tiene la impresión de estar frente a un científico que, con una ironía fría y hermética, sopesa los resultados de un experimento que ha estudiado por meses en la soledad de su laboratorio.

En el camino de regreso, Diego conduce en silencio. A la distancia se escucha el ulular de una sirena. Un sonido urgente que se incrusta en su pecho. Mientras Sophie comenta los grandes y pequeños momentos de la velada con animación, Morgana intenta encontrar la mirada de Diego en el espejo retrovisor. Añora la profundidad tranquila de sus ojos, donde suele sumergirse. Pero en lugar de eso encuentra la expresión decidida y fría de quien conduce al exilio a alguien que ya no es bienvenido en el reino. Diego enciende la radio y los primeros sones de una canción se llevan las palabras de Sophie, el cálido goteo de su voz en el que intentaba refugiarse.

Siente rabia. Recuerda las largas noches de inquisiciones de Diego, su ansiedad, entre pesarosa y excitada. Recuerda el hambre que, según él, despierta ella en su ser, no solo de su cuerpo, sino también de todas las experiencias ignotas que este le ofrece, de la ilimitada magnitud de la vida. ¿No fue acaso él quien la hizo pensar que lo que quería era verla en brazos de otro hombre?

Pronto la rabia se transforma en miedo. Se ha alejado del mundo para quererlo. Nada de lo que antes le daba sentido a su vida hoy tiene importancia. La sola idea de perderlo la inmoviliza. Sabe que sin el amor de Diego terminará por desaparecer.

II. Dos años antes

La soledad de los cuerpos

Sophie mira a Morgana desde la orilla de la piscina y piensa que le gustaría dibujarla. Podría esbozar su cuerpo emergiendo y luego plasmar la oscilación del agua con tinta negra y algunas gotas de azul. Pero el verdadero desafío consistiría en expresar su exuberancia, la elasticidad de sus movimientos, la energía que emana de su ser, brillante, indomable.

Morgana se zambulle y sus nalgas desnudas se asoman levemente. El aire es cálido y frutoso, inusual para un verano santiaguino cuyas noches suelen ser frescas.

—¿Vas a quedarte ahí toda la noche? Anda, tírate. El agua está tibia —le grita a Sophie.

Entraron a la piscina del Stade Français por un agujero del enrejado. Fue Morgana quien la trajo hasta aquí, y Sophie no se arrepiente de haberla seguido. Se saca la falda y luego, de un tirón, la blusa azul. Los calzones blancos, apenas sujetos de sus estrechas caderas, refulgen en la oscuridad como la cabeza de un oso polar. También la muñequera de colores que trae en su mano izquierda. Las tiene por decenas, las pinta ella misma con manchas, figuras y arabescos, y lleva siempre una puesta. Le dan un aire gitano que contrasta con su estampa delgada y exenta de curvas, como la de un chiquillo. Se quita los calzones con rapidez y los oculta bajo la ropa. En tanto, Morgana vuelve a hundirse. Su cabello negro y rizado ondea como las plantas de las profundidades del mar.

Sophie cierra los ojos, oprime su nariz con el pulgar y el índice y se lanza de pie. Imagina su cuerpo estrellándose contra el fondo de la piscina. A pesar de que tiene dieciocho años y que no desprecia vivir, a veces piensa que la muerte puede ser tan vasta como la vida.

Desde el otro extremo ve acercarse a Morgana con grandes brazadas. Una vez que están próximas, Morgana se sumerge, toma uno de los pies de Sophie y la atrae hacia sí. Esta patalea con fuerza hasta desprenderse de ella. Antes de que Morgana reaccione, Sophie presiona la cabeza de su amiga y la hunde.

Ahora ambas flotan de espaldas.

Hace ocho meses que Sophie llegó a Chile a vivir con su padre. A las pocas semanas de su arribo, Morgana tocó el timbre de su apartamento y le preguntó si podía entrar. Se habían topado en el ascensor del edificio donde ambas viven, y siempre se saludaban con alegría y curiosidad, pero nunca hasta entonces se habían hablado.

El agua pasa a través de ellas en infinitas frecuencias y atiza su piel con descargas tenues. Todo se mueve. Sus espaldas serpentinas, los filamentos de luz que dibuja la luna sobre el agua, las hojas de los abedules que al contacto de la brisa revelan sus caras plateadas. Y a la vez todo se detiene, de a poco, hasta llegar a la quietud.

—Anne estaría orgullosa de nosotras si pudiera vernos —dice Morgana.

—Pero el problema es que está a diez mil kilómetros de distancia y no nos conoce —replica Sophie.

—Ya lo hará... verás —asegura Morgana con firmeza—. Voy a escribir un ensayo sobre su poesía, tan lúcido, tan perfecto, que cruzará el Atlántico, y entonces, Anne Sexton, la mejor poetisa de su generación, caerá a nuestros pies.

—Tu es folle, mignonne —dice Sophie con su francés arrastrado, propio de las altas esferas parisinas—. Dale, tres palabras con A.

—Azulsorar, asombrentender, asfixialítico. Con M —grita a su vez Morgana.

Como hija de diplomáticos, Morgana ha vivido en diferentes ciudades del mundo, incluyendo París, en el mismo barrio donde Sophie vivió con su madre desde niña. Les divierte pensar que más de una vez debieron cruzarse en la calle, en el metro, o en la panadería.

—Mentirosear, momenticar, masturbesarse —señala Sophie.

—Ahá, así que con esas. ¿Tienes a alguien particular en mente?

Nadan hacia la orilla, trepan por el borde de la piscina y se sientan en la superficie de cemento. Morgana se recoge el pelo y lo anuda sobre su cabeza. Al despejarse, la arquitectura de su rostro queda al descubierto. Sus cejas rectas y tupidas se encuentran en el entrecejo, un límite que separa sus ojos ávidos y burlones de su frente redondeada de niña.

—Se llama Camilo. Trabaja en la papelería donde compro mis materiales de pintura —responde Sophie.

Ambas reclinan la espalda en el cemento que aún guarda el calor de la tarde. En lo alto, como una sábana, la luminosidad de la luna abriga el cielo.

—¿Cómo es? —pregunta Morgana, girándose hacia ella.

—Tiene un culo que te cagas —responde Sophie, emulando la forma de expresarse de su amiga.

El agua de la piscina aún se agita, como si un gigante hubiera arrojado su aliento sobre ella. Sophie no sabe qué busca al decir esto, tal vez provocarle celos. Pero no es lo que encuentra cuando mira a Morgana de soslayo. Sus ojos brillan de curiosidad y complacencia al constatar que se aventuran en el universo abstracto —por la inmensa cuota de imaginación que despierta— y a la vez divinamente carnal al cual pertenece.

—Es guapo, entonces —observa Morgana y suelta una carcajada.

—Diego me advertiría que demasiado. Que fuera cuidadosa.

Miente. Camilo no es guapo. Tiene la expresión triste, huraña, agresiva incluso, de quien ya conoce lo inclemente que puede llegar a ser el infortunio.

—Diego, Diego, ¿te das cuenta de que no paras de nombrarlo? ¿Y por qué le dices Diego y no papá? Además, ¿cuándo voy a conocerlo?

—Tendrías que venir al departamento por la noche porque él trabaja todo el día. Pero, oye, haces demasiadas preguntas.

Se largan a reír. Sophie se burla del afán de Morgana por saberlo todo para al rato olvidarlo. Tiene la impresión de que cada momento en la mente de Morgana borra al que le antecede, para así enfrentarse a los eventos con la simpleza de la ignorancia.

La brisa nocturna comienza a desplegar su frescor.

—Deberíamos vestirnos —señala Sophie.

—O podría llegar una turba de adolescentes y encontrarnos desnudas.

—¿Acaso te entusiasma la idea?

—No me disgusta.

—De verdad estás loca —afirma Sophie, y oculta sus pequeños senos con las manos, como si la ocurrencia de Morgana de pronto fuera a hacerse realidad.

Morgana tiene veintidós años, tan solo cuatro más que ella. Sophie observa cómo la luz de la noche queda atrapada en las gotas que aún permanecen adheridas a la piel desnuda de su amiga, e imagina que debe poseer una buena cuota de fortaleza y descaro para llevar ese cuerpo con tal desenvoltura.

Después de que ambas se han vestido, Morgana saca de su bolso una pequeña caja de metal en cuya tapa está dibujada la figura de un ángel. Sus alas nacen en los hombros y caen hasta sus pies. De su interior saca un papelillo y luego lo llena con hojas molidas de marihuana. El cielo respira cercano. Sophie piensa que si extiende el brazo lo suficiente, tal vez lograría tocarlo.

Esa primera tarde, cuando de improviso llegó a su departamento, Morgana preparó un porro y le contó que el ángel era un regalo del primer chico con quien había hecho el amor. Sophie había fumado antes con alguno de sus compañeros del Beaux Arts, pero el muro que la había separado siempre del mundo se había hecho tan alto y extenso que no volvió a intentarlo. Hasta que llegó Morgana.

—Lo vi el otro día entrando al edificio. Es bastante guapo —señala Morgana después de darle al porro una honda calada.

—¿Quién?

—Tu padre, Diego.

—Todas dicen lo mismo.

—¿Quiénes son «todas»?

—Las mujeres, mignonne, ¿quiénes más van a ser?

—Lo dices como si te molestara.

—No, no me molesta en absoluto. Diego adora a las mujeres y ellas lo adoran a él. Por eso son inofensivas.

Junto a Morgana el muro del aislamiento no crece. Morgana baila y tararea con su voz ronca una melodía.

—Dale, vamos —le dice.

—Es que no puedo.

—¿Cómo que no, qué va a pensar Anne de ti?

Con timidez, Sophie se suma y mece las caderas.

—¿Ves? —ríe Morgana.

«Claro que puedo, a tu lado puedo todo, a tu lado percibo la excitante naturaleza de las cosas», se dice Sophie a sí misma mientras levanta los brazos y los mueve al ritmo de los sones cadenciosos de Morgana.

Espérame

Al entrar al ascensor, Diego tropieza con el bolso de Morgana, trastabilla y luego alza la vista. Lleva el pelo corto, ocultando tal vez una incipiente calvicie, y sus movimientos son elásticos, jóvenes, aunque la plena conciencia que pareciera tener de ellos los vuelve no del todo convincentes. Su piel está enrojecida y magullada alrededor de los ojos. Tiene un hoyuelo en la barbilla y el entrecejo profundo, de aristas agudas, como si alguien lo hubiera tallado con cincel y hubiese olvidado pulirlo.

—Este ascensor está cada día más lento, llevo diez minutos esperándolo —dice.

—Cuando me aburro de esperar, bajo a pie —comenta Morgana.

—¿De veras, doce pisos?

—Los míos son catorce.

Él apoya la espalda contra el fondo del ascensor y vuelve a mirarla.

—Tienes razón, me haría muy bien.

La abarca íntegramente, como si la sopesara, al tiempo que en sus ojos parecieran transitar imágenes lejanas, produciendo la impresión de que su conciencia se mueve a varios niveles en forma simultánea.

—Tú debes ser Morgana, la amiga de Sophie —dice.

—¿Cómo lo sabes?

—Porque te describió con bastante acierto. Y por tu acento español, claro.

Le gusta la idea de haber sido, por algunos instantes, parte de su intimidad.

—Sophie también me ha hablado de ti —afirma.

—Imagino que puras maravillas —sonríe Diego.

Sin responderle, Morgana se cuelga el bolso del hombro. Diego sigue el movimiento de su brazo que levanta para acomodarlo.

—Para Sophie ha sido bueno encontrarte. De verdad me alegro de que estés por aquí, Morgana.

Ha pronunciado otra vez su nombre, y mientras lo hace cree vislumbrar más ímpetu en su mirada. En el octavo piso entra la presentadora de un canal de televisión haciendo sonar sus tacones. Le da a Diego un beso en la mejilla y comienza a hablarle con palabras que en los oídos de Morgana suenan a vidrios rotos, a fuegos artificiales, a ansiedad. Mueve las manos, abre y cierra los ojos de pestañas largas y saca a relucir la lengua con lentitud.

—¿Qué te pareció el discurso del presidente? —le pregunta Diego.

La presentadora echa una mirada fugaz hacia el rincón de Morgana y sin detener su pestañeo responde:

—Parece que estuviera demasiado apurado por hacerlo todo de una vez. La nacionalización de los bancos, de las empresas, la aceleración de la reforma agraria. ¿No crees que pueda llegar a ser peligroso?

—Se está haciendo con racionalidad. Te lo aseguro. Si vieras los índices de pobreza no pensarías lo mismo. Son escandalosos. Cuando quieras puedo facilitártelos —replica Diego.

Al abrirse las puertas, Diego se despide con un gesto de la mano y arquea la ceja derecha, desplegando una sonrisa que busca ser encantadora.

Desde temprana edad, Morgana tuvo conciencia de la energía que emana de su cuerpo. Un tejido invisible que atrapa la imaginación de los hombres. En un comienzo, las miradas voraces que se deslizaban sobre su piel le producían la sensación de ser invadida por una colonia de insectos, hasta que un embate de calor comenzó a asaltarla en el extremo inferior de su columna; una ola que se movía y zigzagueaba, haciéndole cosquillas. Ocurría de pronto, cuando en el automóvil de su padre sentía el roce acompasado del asiento de cuero, o cuando cerraba los ojos y se concentraba en el nacimiento de su espina dorsal. Al principio no había palabras que unieran ese ardor con la atención que recibía. Ella volvía a perseguirlo, indagaba en solitario, hasta que aprendió a convocarlo y controlarlo, hasta que se depositó en la imagen de un hombre.

*

La directora de la biblioteca donde trabaja por las mañanas le ha pedido que hoy llegue más temprano de lo acostumbrado. Mientras aguarda el ascensor oye sus zumbidos y explosiones, las cuerdas que se desenvuelven y se pliegan, llevando consigo ese rectángulo de luz blanca en donde el último día han permanecido vivas sus fantasías. En tanto, piensa con satisfacción en el ensayo sobre Anne Sexton y Sylvia Plath que trae bajo el brazo. Ha gozado escribiéndolo, pero le es difícil llevar su pasión por la poesía a las aulas de la universidad. «La luna no es la puerta. Es un rostro por derecho propio», se dice, y por eso se niega a hacer una disección de Sylvia Plath como a un animal de laboratorio. A veces, al escuchar a sus maestros, tiene la impresión de encontrarse en una carnicería. Todo aquello que hace a la palabra viva, su atmósfera, su misterio, el eco que deja en el oído, es trozado, clasificado y asépticamente guardado en un refrigerador. Si no ceja en sus esfuerzos, es tan solo porque no va a permitir que la academia la doblegue. Está decidida a recibirse con las mejores calificaciones.

Una vez adentro, el cubículo de metal desciende sin detenerse en el piso 12. Siente desilusión. Añoraba encontrarse con Diego. Había imaginado que tendería sobre él ese delicado velo de miradas y movimientos —tan distante de la burda seducción de la presentadora— que, sabe, hubiera enardecido su deseo. Había calculado cada detalle de su atuendo. La mixtura perfecta entre voluptuosidad e inocencia. Pero en la soledad del ascensor de pronto su aspecto le parece ridículo. Se aferra a su bolso y cubre con él el jersey de hilo que al adherirse a su piel dibuja el contorno de sus pechos. También quisiera ocultar la falda de colores pálidos y aire infantil que deja al descubierto sus piernas.

Pronto alcanza el primer piso. Se sorprende al divisar a Diego en las puertas del edificio, de espaldas al ascensor, detenido en uno de los escalones que llevan a la calle. Tras él, de telón de fondo, la decorosa e impecable avenida que divisa bajo su ventana del decimocuarto piso, degenera ahora en una indigna vía de autobuses humeantes y automóviles que rechinan en la mañana soleada de marzo. Diego se aproxima a ella sonriendo. Su figura larga y la chaqueta algo estropeada, de un lino color crema, le hacen pensar en esos aventureros que parten a conquistar tierras remotas. Su cuerpo se mueve con la secreta autoridad, relajada y firme a la vez, de una fiera que en cualquier instante puede pasar de la inacción a la acechanza.

—Qué bueno verte, quería hablarte —le dice.

Se acerca y la saluda con un beso en la mejilla. Pero no es el contacto formal de sus rostros el que la perturba, sino el roce fugaz de sus manos. Morgana tiene una percepción lenta de él que provoca un efecto intenso en sus sentidos.

—Es que noto a Sophie decaída. Hace dos días que no sale. Tengo una reunión y volveré bastante tarde. No quisiera que hoy se quedara sola. ¿Crees que podrías pasar por casa más tarde?

—Claro, no hay problema —responde Morgana.

—Me encantaría que una de estas noches cenaras con nosotros.

Morgana coge su cabellera y hace con ella un nudo bajo su nuca. Distingue la mirada de Diego deteniéndose a la altura de sus pechos. Una expresión que ella conoce bien y que no alberga muchas lecturas.

Desaparecer

Sophie la ha invitado a cenar. Mientras en su ventana arrecia una temprana lluvia de otoño, Morgana copia el poema que le llevará a su amiga de regalo.

«Me voy, me voy, me voy, pero me quedo,/ pero me voy, desierto y sin arena:/ adiós, amor, adiós, hasta la muerte».

Desde niña ha ido de país en país, y este verso enuncia bien su impresión de que algo de sí misma ha ido quedándose en los lugares y las personas que abandonó. Pero lo que realmente la perturba es la idea de que en el camino termine un día por desaparecer. Por eso le gusta encontrar poemas para Sophie y que estos sean parte de sus dibujos.

Es Diego quien abre la puerta. Lleva un pantalón de pana negro y una camisa azul que le otorgan una apariencia distendida. Bajo la luz del recibidor distingue los surcos en sus mejillas, las líneas que cruzan sus párpados inferiores, las canas en sus sienes.

El departamento, que siempre ha visto saturado de papeles y pinturas de Sophie, está ahora ordenado, y el resplandor que despiden dos gruesas velas produce una cálida intimidad. Una mujer de rizos recargados fuma un cigarrillo y mira por la ventana la noche anegada por la lluvia. Imagina que debe ser la última conquista de Diego, de quien Sophie le ha hablado. Le llama la atención su delgadez y su vestimenta varonil. Una apariencia andrógina, contrarrestada apenas por los rulos y la fina cadena de oro que cuelga de su muñeca izquierda. La mujer se voltea a mirarla con una sonrisa que pareciera haberse depositado recién en su rostro.

—Hola, soy Paula —se presenta. Su voz es gruesa y firme.

—Disculpen, Paula, Morgana; Morgana, Paula —señala Diego y levanta ambos brazos en un gesto de arrepentimiento y futilidad.

Los hombros abiertos de Diego, que culminan en unas espaldas estrechas, expresan que no tiene nada que ocultar, que está complacido de su apariencia y de sí mismo. Por un instante, Morgana lo imagina desnudo y entonces piensa que seguramente se trata de uno de esos hombres que llevan su desnudez con absoluta confianza.

Ya sentados a la mesa, Diego interroga a Morgana sobre su vida con una expresión que denota un genuino interés. Todo le motiva, hasta los más nimios detalles. Pero ante todo, Diego no pierde de vista a Sophie, escrutándola a cada instante, como si midiera el fulgor de bienestar que se intuye dentro de sus ojos.

Un relámpago ilumina las ventanas. Es tan intenso que parece haber estallado a pocos metros de ellos. Por un momento, los colores del cuarto desaparecen bajo su resplandor. A lo lejos, la ciudad pestañea entre la luz y la oscuridad.

—En París vivíamos a tan solo seis cuadras. ¿No lo encuentras increíble, Diego? —dice Sophie.

—Podríamos haber sido amigas desde entonces.

—Tú no te habrías fijado en mí. Yo estaba enferma —dice Sophie.

Se produce un silencio cargado de una materia oscura, pero Diego lo despeja pronto con su charla amena. Suena el teléfono en el pasillo y Sophie se levanta a contestarlo. Morgana advierte que Diego, tenso, la sigue con la mirada. A los pocos segundos, Sophie está de vuelta.

—¿Lo de siempre? —pregunta él.

—Sí.

—¿Cuántas veces han llamado hoy?

—Esta es la tercera.

—¿Pasa algo? —pregunta Paula.

—No es nada. Solo llaman y cortan.

—¿Hace cuánto tiempo que esto ocurre? —continúa Paula con seriedad.

—Unas tres semanas, ¿verdad, Diego? —responde Sophie.

—Ya sabes, gente aburrida sin nada mejor que hacer —zanja la conversación Diego, al tiempo que le dirige a Paula una mirada cortante, dejando en claro que no quiere continuar con el asunto.

A la hora del café, Sophie menciona el amor que comparten Diego y Morgana por la poesía de Miguel Hernández. Hablan de las cartas que él le escribía desde su cautiverio a Josefina, su mujer, y su miedo a no poder nunca retornar a sus brazos. De tanto en tanto, Diego deja caer uno de sus poemas en la conversación, y un leve sonrojo lo embarga, como si sintiera pudor de tocar sus letras al pasar.

—Intuía su muerte —dice Paula.

Diego la mira. Su mirada parece estar cargada de significados.

—¿A qué le tienes miedo tú, Diego? —le pregunta ella de pronto.

Diego guarda silencio y es Sophie quien responde:

—A desaparecer —dice riendo—. A no dejar huellas, a que todos lo olvidemos, a que un día los extraterrestres vengan a buscarlo.

Morgana se estremece. Recuerda el poema que ha traído para Sophie. Al mirar a Diego distingue unas motas doradas en su iris que le otorgan a sus ojos un color ambarino. Aun así, comunican un frío secreto.

—Yo también —afirma. Levanta la barbilla y apunta sus pechos jóvenes hacia delante.

Diego posa sus ojos en ella y sonríe. Morgana nota que su sonrisa es distinta a cualquier otra que haya visto antes. Lo que la hace especial es que aun cuando proyecta una satisfecha y arrogante autosuficiencia, en vez de distanciar invita a la intimidad. Piensa que tendrá que sumarla al catálogo de sonrisas que guarda en su memoria.

—Desaparecer, desaparecer, desaparecer —repite Sophie en un murmullo. Avivados por la luz de una lámpara, los hilos de lluvia se vuelven color plata en la ventana—. Yo no voy a permitirlo —puntualiza. Su mirada es poderosa, a pesar de su sonrisa tímida que revela su fragilidad—. Eso no va a pasar nunca, se los prometo. Ustedes confíen en mí.

—Estoy seguro de que lo harás, mi amor.

—Yo también —afirma Morgana.

La Rue du Dragon

Desaparecerevaporarseeclipsarsencogerseinvisibilizarse. Alrededor de las palabras, Sophie deja caer gotas de pintura verde, manchas que atrapan lo efímero en una forma precisa y oculta, como los haiku. Los sonidos mecánicos del ascensor se hacen más escasos con el pasar de la noche. Quisiera oír la llave de Diego en el cerrojo.

Recuerda que de niña, Diego solía llegar a París de improviso. Tomaba una habitación en un hotel y al día siguiente la llamaba por teléfono: «Sophie, mi pequeña, ya llegué». Le hablaba con naturalidad, como si su último encuentro no hubiera sido seis, ocho o diez meses atrás. Cuando sus arribos coincidían con las vacaciones, viajaban en su Renault por la Costa Azul o iban a La Coruña, donde vivía la mayoría de sus amigos. Pero lo que más le gustaba era acompañarlo a algún país lejano donde él debía dar una de las múltiples conferencias que impartía por el mundo.

Son las dos y cuarto de la mañana y presiente que el sueño le va a ser esquivo otra vez. Por lo menos hoy no ha habido telefonazos anónimos. Monique, su madre, solía quedarse junto a ella hasta que se dormía. En su pequeño departamento de la Rue du Dragon, las luces de la calle y las voces del jolgorio nocturno se colaban por las ventanas hasta la madrugada. Cuando ya la creía dormida, su madre solía hablar sola. Resolvía problemas de trabajo, ensayaba las preguntas que le haría a algún entrevistado del periódico donde trabajaba, pero sobre todo maldecía a Diego. Lo había dejado por sus sucesivas infidelidades y en sus desvelos volvía a recordarlo, casi siempre con rabia. Se habían conocido en Chile, cuando ella, una estudiante de Periodismo, decidió tomarse un año sabático para viajar por Latinoamérica. Chile era el fin del periplo. La primera vez que lo vio fue en una junta de estudiantes. A Monique le llamó la atención la forma decidida y convincente con que Diego se batía en la contienda de las ideas, también su manera directa de mirarla y expresarle, unos días más tarde, la atracción que sentía por ella. Al poco tiempo vivían juntos y un año más tarde nació Sophie. Cuando los primeros albores de la revuelta del 68 comenzaron a hacerse evidentes, decidieron emigrar a París. Fue allí donde comenzó la inquietud de Diego, una infelicidad que yacía bajo su piel como una colonia de microbios, una insatisfacción que intentó aliviar en el calor de uno y otro cuerpo.

Cuando Allende fue elegido presidente, Diego le escribió una carta expresándole sus ideas. En ese entonces vivía entre Madrid y París. Lo había conocido años atrás, cuando Diego era aún un joven imberbe, y cada vez que se encontraban, ambos profesaban respeto por las ideas del otro. Diego había estado cerca de Dubček durante la Primavera de Praga, apoyándole en sus intenciones de crear un «socialismo con rostro humano». También había presenciado la invasión soviética, las tropas del Pacto de Varsovia y los tanques apuntando a estudiantes desarmados. El presidente se interesó por su posición crítica, por sus estudios en ciencias políticas en La Sorbonne, por su experiencia y su entusiasmo, combinados con una buena cuota de escepticismo. «Véngase», le respondió a vuelta de correo.

Un par de meses después de haberse instalado, él la llamó a París: «Sophie, pequeña mía, ¿quieres vivir conmigo en Chile?». Su madre se resistió a dejarla partir, aludiendo a la ineptitud de su padre para proveerle la estabilidad que necesitaba. Pero sus argumentos fueron inútiles. Sophie estaba decidida a hacerse grande por fin, a probarle al mundo y a sí misma que ya todo había pasado. Sin embargo, al llegar al país de su padre —donde nunca había vivido— descubrió que un lugar tan solo existe si encuentras huellas que puedes identificar, marcas que te pertenecen y te hermanan con el resto de las personas. La ciudad donde la había traído Diego le resultaba impenetrable. En ocasiones era tal su sentimiento de extrañeza, que bajaba a la calle y cuando los buses se acercaban, ella corría al otro lado de la acera. Bajo sus pies temblaba el asfalto, el ruido de los motores la ensordecía y sus faldas largas flotaban por un segundo entre la luz y la muerte. Hasta que apareció Morgana.

De pronto, sin pensarlo, marca su número de teléfono.

—¿Quién es? —escucha la voz adormilada de Morgana al otro lado de la línea.

—Soy yo, Sophie.

—¿Te ocurre algo?

—No.

—¿Estás en tu departamento?

—Sí.

—Vale, ahora bajo —dice sin vacilar.

Morgana llega a los pocos minutos. Trae una camisa de dormir celeste que cae hasta sus rodillas. Sus pies morenos, de dedos largos, están desnudos.

—¿No puedes dormir?

Sophie, con un gesto de la cabeza y sin mirarla, le hace saber que así es.

—¿Diego está con Paula?

—Con Paula, con Cristina, con Andrea, o con la abuela pata, no tengo idea.

Ambas ríen.

—Pues ahora nos vamos a dormir. No me mires así, mi niña. Mañana tengo que levantarme tempranísimo para alcanzar a estudiar antes de irme al trabajo.

Se acuestan y Sophie se voltea contra el muro. Morgana la estrecha y enreda sus pies fríos entre los suyos. Sus pechos cálidos respiran contra la espalda de su amiga. Su abrazo la cubre como una ola.

Lo que no debió ocurrir

Al enterarse de que Morgana había nacido en una isla española, Diego les propuso que pasaran un fin de semana en la playa. Hace tiempo que se los había anunciado, pero siempre surgía un imprevisto. Ahora lee recostado sobre la arena a pocos metros de ellas. Cada cierto rato Morgana lo observa, pero él está enfrascado en su lectura y parece no advertir lo que ocurre a su alrededor. Sophie pinta con un tablero sobre sus rodillas.

Es una tarde templada de invierno y en la orilla las olas se precipitan, se abren, se deshacen en inocencia, mientras que en el fondo el océano ruge. Fue en el mar que Morgana dio sus primeras brazadas, que descubrió la levedad de su cuerpo, las placenteras lancetas que recorrían su piel al contacto del agua.

—¿Les gustaría caminar un poco? —pregunta Diego.

Ambas lo miran y ríen. Él se ha revuelto tanto la cabeza que su pelo corto está enhiesto y lleno de arena, como el de un vagabundo o el de un loco pronto a desatar su delirio.

—Primero tienes que hacer algo con tu cabeza —bromea Sophie.

Diego se levanta y se sacude el pelo con ambas manos.

—Yo prefiero seguir con esto —dice Sophie y vuelve a su pintura.

Morgana se queda pensativa, como si sopesara su proposición.

—Yo puedo acompañarte —anuncia.

Caminan en silencio hacia el promontorio al cual conducen las dunas. Morgana va un poco más adelante, la vista fija en el suelo para no dar un mal paso. Le resulta difícil respirar. Imagina los ojos de Diego tras ella, fijos en sus caderas, en sus piernas, en sus hombros que balancea a uno y otro lado. De pronto voltea la vista, esperando encontrarse con su mirada, pero lo sorprende observando atento una caracola que sostiene entre sus dedos. Se detiene avergonzada. A lo lejos, los habitantes del pueblo encienden sus cocinas a leña. De sus techos dispares remontan humaradas plomizas. El cielo vibra.

—¿Sabías que fue en una playa similar a esta donde Darwin hizo parte de sus estudios para llegar a la teoría del origen de las especies? —le pregunta Diego cuando la alcanza.

Morgana niega con la cabeza. Diego presiona su cintura instándola a seguir. Es un contacto tan perentorio como fugaz, que deja en su piel el rastro de sus dedos. Ahora avanzan juntos, mientras Diego señala diferentes especies de plantas que acrecientan su complejidad a medida que se alejan del mar. Pero ella ya no lo escucha, lo que quisiera es que él la besara. Faldones de viento se deslizan por sus rostros. Morgana se vuelve a mirarlo, pero su largo pelo rizado se levanta sobre su cara y limita su visión.

Desde la cima del montículo divisan a Sophie en la distancia. Los colores de su falda refulgen en la superficie de la playa.

—Morgana —dice Diego, y luego se detiene. Ella lo mira y aguarda a que continúe—, ya lo sabes, te lo he mencionado antes, pero aun así nunca está de más volver a decírtelo: para nosotros ha sido muy bueno tenerte cerca.

—¿Para ambos?

—Claro, para ambos.

—Supongo que debes estar más tranquilo cuando pasas la noche fuera, sabiendo que ahora Sophie tiene a alguien que la acompañe.

Lo dice sin afán de reprimenda, pero con el firme propósito de conducirlo a un lugar donde no han estado antes.

—Suenas como si te tuviera de celadora de mi hija —observa en un tono burlón.

—¿No es eso? ¿Entonces qué? —pregunta ella. Diego la mira y mueve la cabeza a un lado y a otro sonriendo—. Porque a mí tú me gustas mucho, ¿sabías? —declara. No sabe cómo ha llegado a decir esto. De pronto ya no es ella misma, sino un personaje de su imaginación. Se siente liviana, sonríe en su interior. Sus músculos y su conciencia ceden embriagados.

—Nunca te he pensado como una guardiana de Sophie. Me gusta verlas juntas, tú generas en ella un optimismo que nunca ha tenido.

Advierte la tensión de Diego. Se ha puesto en guardia. Pero la sonrisa continúa engarzada en su interior, la bravura, la inconsciencia. Aun si Diego la rechazara, siempre tendría sobre él la supremacía de la juventud. Su juventud la redime y la protege.

—Parece que no fui clara, o no me oíste, o no quieres oírme. A mí de verdad tú me gustas —dice mirándolo con fijeza.

Diego palmea su hombro suavemente, como se hace con los niños cuando han dicho una brutalidad que resulta divertida.

—No digas eso —puntualiza con una expresión seria.

—Tengo veintidós años. No soy ninguna niña.

—Y yo cuarenta y cinco.

—No te gusto, ¿verdad? —su expresión es desafiante.

Un fino hilo de sudor ha comenzado a correr por el cuello recio de Diego. Un aroma a yodo los alcanza y luego recula, al recogerse las olas en el mar Pacífico. Él se frota el rostro. Tarda unos segundos en responderle.

—Por supuesto que sí. Eres una persona muy linda. Además, Sophie te quiere mucho.

—¿Una persona o una mujer? —pregunta, agresiva y magnífica. Después de uno o dos segundos añade—: ¿Y qué tiene que ver Sophie con lo que dije?

Un viento fresco brota del agua, como si hubiera estado esperando su turno, oculto en el fondo del mar.

—Una persona y una mujer —responde Diego. Hace una pausa y luego agrega—: Deberíamos volver, Sophie debe tener frío.

—¿No quieres llegar hasta el bosque? —pregunta Morgana, y se pone en marcha sin esperar su respuesta.

En la ribera, los tejados despiden lenguas de humo lentas y blanquecinas. Remontan, dibujan figuras, y luego se unen a las partículas de cielo.

Si Diego no la sigue, ella llegará hasta el final, y desde las alturas lo mirará con desdén. Recoge su falda colorida con una mano y continúa subiendo sin mirar atrás ni romper la atmósfera de danza que sabe emana de su cuerpo. Alcanza el bosquecillo y se sienta en un peñón. Abajo se extiende el mar. Diego, con una expresión resignada, ha venido tras ella. Alcanza a escuchar su respiración agitada por el esfuerzo. Muchas veces ha pensado que con el paso de los años el cuerpo y el alma se fatigan. Y cuando esto ocurre, alma y cuerpo comienzan a circular por sitios que les son familiares, con el fin de no extraviarse ni dilapidar energía en intentos fallidos. Ya empieza a reconocer el actuar de Diego, rutas que quedaron fijadas hace tiempo, y que él no hace más que reproducir. Lo atisba en su lenguaje, en la construcción de sus frases, en sus énfasis, en la forma de abordar los conflictos: apretando los dientes, guardando la calma y continuando. También sus conquistas parecieran seguir un trazado. Es Sophie quien la ha instruido en esto. Y ambas ríen, ríen de lo previsible que puede llegar a ser. No obstante, hay un espacio que ni sus risas ni sus miradas alcanzan, esa cabeza gacha que camina hacia ella con resolución, esa mente que se lanza a la deriva y desata fantasías e impulsos prohibidos. Lo corroboró en sus dedos que quisieron quedarse más tiempo en su cintura, pero que él doblegó con voluntad.

Diego se sienta a su lado, toma una rama del suelo y la despoja con calma de sus hojas. En el espacio que dejan sus pantalones y sus zapatillas aparecen los vellos negros y ensortijados de sus piernas. Concentrado en su labor, guarda silencio.

—Tienes veintidós años, pero pareces saber más que yo de algunas cosas —observa de pronto, sin mirarla.

—¿Como qué cosas?

—Como, por ejemplo, obtener lo que quieres —dice con firmeza y calma, al tiempo que

parte en dos la rama ya desnuda. Escuchan el graz-
nido de las gaviotas a lo lejos. El mar es gris y por
ratos bullicioso, cuando las olas crecen y estallan
contra las rocas.

—Tú no lo haces nada mal —ríe Morga-
na. Extiende las piernas que sabe firmes y satina-
das, como la piel de una montura—. ¿Y Paula?
—pregunta de pronto.

—Entró en su quimioterapia —murmura
él—. He tratado de ir a verla, pero a ella no le
gusta que la vean enferma y desvalida. Ha perdido
el pelo.

—Es la primera noticia que tengo de su
enfermedad. Sophie no me lo había comentado
—musita alarmada.

—Tal vez por respeto a Paula.

—Vamos, ¿lo has intentado lo suficiente o
te mueres de miedo de verla así?

—¿Por qué eres tan insolente? Debieras
empezar a medir tus palabras —la recrimina.
Comprime los labios y la mira con severidad.

—Vaya, lo siento —dice ella.

Diego vuelve los ojos hacia el mar sin responderle. El triángulo blanco de un velero se recorta sobre la superficie deslucida del cielo.

—Disculpa, en serio —insiste Morgana y
posa una mano sobre el muslo de Diego—. De
verdad no quise decir algo tan rudo. Solo quería
provocarte.

No sabe por qué ha dicho eso. Él sonríe.
Ella no retira la mano que sigue sobre su pierna y
Diego no hace nada por evitarla. Siente el impulso
de besarlo, pero se contiene.

—De niña me gustaba mirar los veleros
que en el verano llegaban de todas partes del mun-

do a la bahía —dice, al tiempo que señala el bote a vela que aún persiste en el horizonte.

Se voltea a mirarlo y descubre sus ojos ambarinos fijos en ella. Tienen un brillo donde cree encontrar ardor y contención.

—Estuve investigando. La isla donde naciste es muy bella y tiene una historia bastante particular.

La idea de que él le hubiera robado a sus frenéticas actividades un tiempo para pensar en ella, la llena de confianza. No más atajos, quiere besarlo y lo besa. Al principio nota su desconcierto, la rigidez de sus músculos, una resistencia que no alcanza a ser tan evidente como para detenerse. Hasta que siente su mano sobre el rostro y entonces sus lenguas se buscan, se entrelazan, recorriendo la superficie estriada y cálida donde habita la otra.

Cuando se separan, ella, maliciosamente, se larga a reír. Apoyado en uno de sus codos, Diego la mira. Morgana distingue el velo turbulento del deseo que cubre sus pupilas y que exacerba ese viso demente que distinguió la primera vez en ellas. Unos ojos que no están enfocados en ningún punto, pero a la vez lo están en todas partes, y que tienen el ímpetu para llegar a cualquier sitio. Diego se saca el suéter, lo extiende en la superficie dura y pedregosa, y Morgana se echa sobre él. Con cada uno de sus movimientos se levantan nubecillas de polvo en el aire claro y frío. Ella estira los brazos hacia atrás y él toma sus dos manos, aprisionándola, imposibilitándole cualquier forma de movimiento. No se resiste, sus músculos ceden, al tiempo que otros, más recónditos, se tensan alertas. Vuelven a besarse. Siente la barbilla áspera de él que raspa la suya. Sus manos recorren ansiosas sus muslos bajo la falda, sus muslos fuertes de nadadora. Ella libera una mano y presiona su erección por sobre su ropa. La comprime. Lo escucha gemir. Él cierra los ojos. En su boca entreabierta su lengua se encrespa, como si buscara otra vez el contacto de la suya. Se unen en un abrazo. Respiran en el oído del otro. Ella besa su cuello, se pierde en la oquedad que deja el hueso de su hombro. Sin desprenderse, los dedos de Diego buscan sus profundidades. El aire caliente de sus fosas nasales se estrella contra sus ojos. Los movimientos de sus dedos se hacen más hondos, más acompasados, hasta que Morgana emite un gemido que al instante ahoga en su interior, temiendo que su voz llegue a oídos de Sophie, allá lejos, sentada en la playa con su tela en las rodillas y sus pinturas sobre la arena.

De pronto, en un movimiento brusco, Diego se hace a un lado. Tiene la respiración agitada, pero sus ojos están vueltos sobre sí mismos. Morgana permanece quieta. Sin tocarlo advierte su cuerpo crispado. Un frío intenso la sacude, pero no es el mismo de hace unos momentos. Este atraviesa los tejidos y los órganos, como un taladro de hielo. No entiende por qué él se ha detenido, por qué no ha llegado hasta el final, por qué ha rechazado el contacto de su piel. Su mente va de un lado a otro en busca de un motivo. Pronto, el desconcierto y la humillación se instalan con la fuerza inapelable de su simpleza.

Ahora ambos están tendidos de espaldas.

Las gaviotas, en bandadas, graznan desde las alturas. Un silencio expectante los acecha.

—Para los japoneses, la palabra «sensación» es un invento occidental. Detestan su vaguedad —declara Diego después de un rato.

—¿Por qué hablas de eso ahora?

—No sé. Tal vez porque lo que pienso está muy lejos de la vaguedad de las sensaciones.

Su expresión se ha endurecido y despide destellos similares a los de la superficie del agua a lo lejos. Los graznidos de las gaviotas parecen adquirir un tono trágico, como si se despidieran del sol definitivamente.

—Lo que pienso —continúa Diego— es que debí impedir que esto ocurriera —habla sin mirarla, con los ojos puestos en las alturas—. Lo siento, Morgana.

—¿De verdad lo crees así?

—Sí.

Morgana guarda silencio. También Diego. Ahora no hay sonidos, ni siquiera el de los pájaros. La playa pareciera haberse vaciado de vida.

—Entonces, ¿por qué seguiste subiendo? —pregunta Morgana.

—No sé. De verdad no lo sé —luego de una pausa agrega—: Bueno, tal vez porque eres linda.

—Entonces...

—Eso no es suficiente.

Ella se levanta, se toma de los codos y niega con la cabeza.

—¿Que un hombre y una mujer se deseen no es suficiente?

—Es mejor que regresemos —dice Diego al tiempo que se reincorpora.

Morgana se aclara la garganta.

—¿No vas a decirme nada?

—Mira esto —señala él al cabo de unos segundos, sosteniendo en su mano el caparazón de un caracol—. Es una especie muy rara. Darwin se habría fascinado de encontrarla.

—¿No vas a responderme? —repite ella con la voz quebrada.

Intenta ahogarlas, respira fuerte, aprieta los párpados, pero las lágrimas no tardan en acumularse en las esquinas de sus párpados. No siente tristeza, ni rabia, no siente nada, pero las lágrimas caen por sus mejillas como si provinieran de otros ojos.

—¡Diego, Morgana! —escuchan a lo lejos la voz de Sophie.

—Tú y yo somos lo único que tiene Sophie ahora. Tenemos que volver —concluye Diego.

Descienden las dunas sin hablarse, Morgana unos metros más adelante con paso inseguro. Se levanta el viento, el cielo circula. Sophie, al verlos, camina hacia ellos. Entusiasmada les cuenta que ha visto una pareja de pelícanos. Diego abraza a su hija con la emoción de quien retorna de un largo viaje. Recogen sus cosas mientras Sophie habla de las aves. Ellos no se miran. Una tensión corpórea comprime sus cuerpos.

—¿Y a ustedes qué les pasa? —pregunta Sophie.

Diego se pasa la mano por el pelo en un gesto impetuoso. Morgana distingue en él a la vez rudeza y desvalimiento. El escudo frío de una voluntad de hierro que ha sido resquebrajado y que intenta recomponer.

—Es que se puso muy frío. Será mejor que nos apuremos —dice Diego, mientras dobla su toalla para introducirla dentro del bolso.

Sophie los mira, primero a uno y después al otro, y luego deja caer sus párpados de pestañas claras. Busca en su bolso una cajetilla de cigarrillos, enciende uno y espira el humo hacia el cielo.

Un viento negro y duro

Se ha levantado el viento. Mientras conduce de vuelta a Santiago, Diego mira de tanto en tanto el espejo retrovisor. Sobre los montes redondeados, las nubes se expanden y sus contornos desaparecen con rapidez. De pronto, en una explanada recta, oprime el acelerador hasta el fondo y sobrepasa a un par de automóviles. Los cilindros de su Fiat 600 rugen, desacostumbrados a la velocidad.

—Nos siguen, ¿verdad? —pregunta Sophie con una voz que sale tímida de su garganta, al tiempo que mira hacia atrás a un Peugeot celeste que no se ha despegado de ellos. Hay más de un pasajero en su interior.

—Sí —replica Diego, escueto.

Unos kilómetros más adelante disminuye la velocidad. El Peugeot aún los sigue a corta distancia. Diego no ha logrado desembarazarse de él. Al llegar a una zona de curvas vuelve a apretar el acelerador, esta vez sin cejar. Afuera, el viento parece echar su peso contra ellos. Al cabo de unos minutos los han perdido de vista. Las nubes oscuras y alertas se han reunido en el centro del cielo. Diego respira hondo.

—¿Eran los de las llamadas por teléfono? —pregunta Sophie.

—No lo sé, amor. Pero ya están atrás. Quédate tranquila —dice, mientras busca una sintonía en la radio. Se detiene en un fox-trot cuyos sones vetustos inundan el reducido espacio.

Sophie sigue el ritmo en su rodilla con gestos nerviosos. Diego enciende un cigarrillo.

Entran a la ciudad al atardecer. Es una tarde ventosa de domingo y las calles están desiertas. Las ramas de los árboles chocan unas contra otras. Un remolino de hojas y desperdicios atraviesa la calle en una danza salvaje. En un semáforo, Diego vuelve a mirar por el espejo retrovisor. El Peugeot celeste está otra vez a sus espaldas. Apenas dan la luz verde acelera con fuerza. Producto del impulso repentino, sus cuerpos se van hacia atrás. Sophie estira los brazos y se afirma en la guantera.

—Esto no me gusta —musita.

Morgana, desde el asiento trasero, aprieta su hombro. A la siguiente cuadra, Diego dobla precipitadamente y el Peugeot hace lo mismo. El programa de fox-trot continúa su ritmo festivo, pero ya nadie lo escucha. Un pájaro se golpea contra el parabrisas y luego desaparece. Una pequeña mancha parduzca queda estampada en el vidrio. La distancia entre los dos automóviles se acrecienta y luego disminuye. De pronto, Diego tuerce la dirección del manubrio con brusquedad y se detiene a un costado de la calle. El Peugeot, a unos veinte metros, hace lo mismo. Un hedor a goma quemada penetra por la ventanilla. Diego abre la puerta y echa a andar hacia el automóvil que los ha seguido.

—¡No, no puedes hacer eso, papá! —grita Sophie. Es la primera vez que Morgana la escucha llamarlo así—. Te van a matar.

Sus palabras permanecen resonando en el súbito silencio. La puerta ha quedado abierta y el viento entra con sus curvas en la cabina. Un viento negro y duro. Ambas miran hacia atrás la figura alargada de Diego que se desliza en la oscuridad incipiente de la calle. Sophie llora. Aprieta la mano de Morgana hasta hacerla doler. Un perro ladra a pocos metros. También escuchan una sierra a lo lejos. El Peugeot permanece quieto. Parece deshabitado. Cuando Diego está a punto de alcanzarlo, este arranca a toda velocidad. A través de la ventanilla, Morgana y Sophie ven cuatro cabezas oscuras, que al pasar hunden sus ojos fríos e irascibles sobre ellas.

—Solo quieren amedrentarnos —susurra Morgana.

—¿Pero por qué, qué hemos hecho?

—Eso no lo sé, Sophie.

Una avioneta —apremiada por llegar antes del ocaso a su destino— resuena a lo lejos.

Doce balazos I

Sentada en una banqueta frente a la papelería donde trabaja Camilo, Sophie dibuja una letra S. La repite una y otra vez. Imagina que es el soliloquio de una serpiente o la pulsera de una reina del desierto. La última vez que estuvo aquí, mientras ella compraba sus materiales, Camilo insistió en que debían ir juntos a su casa a escuchar un disco de Los Jaivas recién lanzado.

Camilo es el último de los empleados en salir. Se sorprende al verla, y con su acostumbrado tartamudeo, balbucea unas palabras de bienvenida. Nunca antes se habían encontrado fuera de la papelería. Su tez, cenicienta bajo la fosforescencia blanca del local, tiene a la luz del día un tono caoba. Camilo es robusto, de piernas cortas y firmes, de dedos gruesos y poco diestros, que en un gesto reflejo por domar sus mechas erizadas suelen estar perdidos en su pelo. Su torpeza insinúa un crecimiento rápido que ha dejado sus extremidades fuera de compás. Al pasar frente a una heladería, él la invita a un barquillo. Sophie escoge uno de piña, Camilo uno de lúcuma, y luego se sientan en un banco. Él le pregunta por su padre. Escuchó que es alguien importante; «el pepe grillo del presidente», le han dicho. Sophie sonríe y le responde que son exageraciones. No quiere hablar de Diego. No ahora.

Después de terminar sus helados caminan sin rumbo. La calle está concurrida y no es difícil sortear los silencios, habiendo siempre un sitio donde fijar la mirada. A pesar de que los rasgos de Camilo despiden una cierta provisionalidad, su expresión huraña e intensa anuncia futuras convicciones.

Sophie decidió aceptar la proposición de Camilo, cuando, hace un par de noches, soñó con Morgana. En su sueño enredaba sus pies en los de ella y la escuchaba gemir. Sin moverse, sin tocarse, sin respirar casi, un calor comenzó a propagarse en forma de ondas amplias y libres por su cuerpo. La ola se hizo más intensa, más abrasadora, hasta estallar en una larga y profunda vibración, para luego recogerse sobre sí misma en frecuencias más suaves, que poco a poco se extinguieron hasta desaparecer. Despertó de pronto. Sudaba, y la cama estaba vacía. El recuerdo vívido de su placer solitario vibraba en su memoria como una veleta en la cúspide de una casa desierta. Su propia soledad girando en el costado izquierdo de su pecho.

Mientras camina nota el calor del hombro de Camilo en el suyo. En su interior algo cede, se suaviza. Como la variación que produce una gota de agua sobre un color. Hasta este instante sus sentidos estaban aturdidos. Tal vez porque la idea del deseo ha ido siempre de la mano de los cuerpos musculosos y desguarnecidos de Tintoretto y Tiziano, de la boca semiabierta de la *Ofelia* de Millais. El único chico con quien hizo el amor, y tan solo una vez, era de origen marroquí, alto, espigado y de expresión ensimismada.

Se detienen frente a un quiosco en Plaza Italia y leen los titulares de un periódico: «La reforma bancaria es un ají en el tambembe de mercachifles». Sophie ríe divertida, pero Camilo emprende nuevamente la marcha con seriedad. En el paradero toman un autobús. El atardecer se acerca a grandes trancos, queriendo acaso dar por terminado el día.

Llegan a la casa de Camilo cuando el sol ya ha desaparecido. La vivienda, en una esquina, tiene tres pisos y algunas de sus ventanas están rotas. A pesar del tiempo y el abandono, aún guarda destellos de un pasado de esplendor. Suben las escaleras de madera, apenas iluminadas por una válvula desnuda, que vibra con cada uno de sus pasos. El suelo está cubierto de papeles y desechos. En el camino se topan con una chica de minifalda y piernas gruesas como dos troncos. Desciende apurada, sin mirarlos, como si huyera. También se encuentran con un tipo de rostro marcado por la viruela, a quien Camilo presenta como su mejor amigo y miembro de su banda de música.

—Mataron al ex ministro del Interior. Le dieron doce balazos —les anuncia agitado, antes de que Camilo termine con sus presentaciones. Los pequeños orificios de su rostro se colorean de rojo.

—¡La puta! —exclama Camilo.

—Este 8 de junio pasará a la historia en la lucha por la libertad —dice solemne, y luego agrega—: Se lo merecía, el concha de su madre.

—Nadie merece morir de doce balazos —puntualiza Sophie.

—¿Acaso no sabes que mandó matar a campesinos desarmados? ¿Sabías eso, ah? —le pregunta el tipo iracundo.

Sophie se estremece. La violencia de sus ojos le recuerda la de aquellos que vio furtivamente a través de la ventanilla del Peugeot.

—No te metas con ella —le advierte Camilo sin tartamudear.

Mientras ambos discuten, Sophie piensa que debe llamar a Diego. Temerá por ella. Siempre teme. Sobre todo después de la persecución. Le pregunta a Camilo si puede ocupar el teléfono y este se larga a reír.

—Con suerte tenemos luz, y eso es porque el Pelao es un experto en colgarse de cualquier parte. ¿Qué crees que piensa tu padre de todo esto? Del atentado, me refiero —pregunta Camilo. Pero Sophie no le responde. La insistencia de Camilo por traer a su padre a la conversación le resulta incómoda. Un fuerte olor a comida inunda la caja de escaleras.

Sabe que para no preocupar a Diego debería volver. Pero no es lo que quiere. Al menos, en un afán por llamar la atención de Morgana, le mencionó que estaría con Camilo. De seguro, Diego llamará a su amiga para saber de ella.

Continúan subiendo. Desde una de las alcobas se oyen los chillidos de una mujer y, por sobre los de ella, la voz ronca de un hombre. Después de lo ocurrido hay entre ellos un silencio tenso. El cuarto de Camilo está en el último piso y sus paredes destilan un sudor frío.

Hacen el amor frente a un afiche de *Yellow Submarine*. Desde la escalera los alcanzan tumbos, golpeteos. Pareciera que alguien estuviera trasladando muebles u objetos pesados. Pronto, el sonido de sus cuerpos los opaca. Camilo es delicado. Cuando él acaba, Sophie despega su cuerpo del suyo y se levanta. De pie frente a la cama mira a su alrededor. Contra la pared, una guitarra reluce en la penumbra. La imagen de un basurero colmado de papeles, como el suyo, aminora la sensación de irrealidad. Siente frío y vuelve a entrar en la cama.

—Camilo, Camilo, tenemos que hablar —vocifera una voz áspera de hombre al otro lado de la puerta.

—No hagas ruido —dice él—. No quiero ver a nadie ahora.

El hombre insiste, golpea con los puños. Sophie se cubre con la frazada. Quisiera volver a casa, pero aun cuando estar ahí la intranquiliza, la sola idea de salir a ese mundo amenazante que se mueve tras la puerta la disuade. Al cabo de un rato el hombre se aleja por el pasillo.

Camilo se duerme pronto. Por los muros gruesos y descascarados se filtra el ulular lejano de una sirena. En un rincón de la cama, ella procura no tocarlo. De pronto escucha el sonido inequívoco de un teléfono. Alcanza incluso a oír la voz de la mujer que responde. Está segura de que proviene del pasillo. ¿Por qué Camilo le dijo que no tenían línea de teléfono? ¿Por qué le mintió?

Se ve a sí misma en el más remoto de los lugares, donde si en ese instante perdiera la vida, ni Diego ni Morgana podrían encontrarla.

Doce balazos II

La ciudad reacciona con zarpazos lerdos y desesperados de animal herido. Morgana intenta dormir, pero las sirenas la perturban. Añora el abrazo de su padre, sus peroratas, los libros recién llegados de España y su expresión entusiasta al enseñárselos; añora los hogares que su madre reproduce una y otra vez en cada país donde han vivido, estacionados siempre en el tiempo y en el universo que dejó en la isla remota de España donde nació. Ya son dos años que vive sola. Buscó un trabajo, un departamento próximo a su universidad y se mudó. No se arrepiente de haberlo hecho. La vida que llevaban sus padres la ahogaba.

Cuando por fin logra conciliar el sueño escucha un timbre, pero no está segura de que sea el teléfono. Sueña con una llanura yerma donde ni siquiera la luz encuentra un lugar donde guarecer sus colores. Abre los ojos y el sonido sigue allí. Salta de la cama y camina a tientas hasta la sala. Debe ser Sophie en uno de sus desvelos. No le importa bajar a acompañarla. Ya se ha vuelto una costumbre. Duermen abrazadas y sus cuerpos se ajustan el uno al otro, confiados. El calor y la respiración de Sophie le producen un sentimiento de plenitud. A veces incluso aguarda su llamada mirando el techo de su cuarto, y una vez que Sophie duerme en sus brazos, todo adquiere un orden, un sentido. La posibilidad que ella le da de apaciguar su alma es acaso lo más próxima que ha estado nunca de alguien.

Mira la hora, son las doce y media de la noche. Toma el auricular. Al otro lado de la línea su conciencia aún adormilada tropieza con la voz de Diego.

—¿Estabas durmiendo?

El corazón le da un brinco. Desde el episodio de la playa que no se han visto, de eso hace doce días. Está convencida de que él la evita. Lo imagina con frecuencia. Recuerda sus facciones tensas a pocos centímetros de su rostro, sus dedos hábiles, su sudor cayendo a gotas sobre ella. Recuerda también su abatimiento y su expresión de agobio al concluir todo.

—Perdona que te despierte, ¿pero sabes dónde está Sophie?

—Me dijo que saldría por la tarde con Camilo.

—No me comentó nada. ¿Quién es Camilo?

Morgana le explica que Camilo trabaja en la papelería donde Sophie compra sus materiales de trabajo.

—No entiendo por qué no me avisó. No es tan difícil, una llamada basta. ¿Estás segura?

—No te lo puedo jurar, pero sí, estoy casi segura.

—Gracias. La voy a esperar.

—Diego, sé que estás preocupado... —musita, y luego duda un segundo—. ¿Quieres que baje unos momentos? Da igual, ya me despertaste —dice con prisa. Escucha la fricción de un encendedor al otro lado del auricular.

—Sophie podría llegar en cualquier momento —dice él.

—¿Y qué? Nos encontrará charlando como los dos buenos amigos que somos.

—Te voy a preparar un té —señala Diego con brusca decisión.

Morgana baja en pijama y descalza, como suele acudir en auxilio de su amiga. Diego le abre la puerta con la tetera en la mano.

—Ya ponía a calentar el agua.

La expresión de Diego al verla con su camisón ligero, la cara lavada y el cabello tomado en una trenza, no es alegre. Morgana intuye el acceso de desaliento que lo embarga al enfrentarse con tal crudeza a su juventud. Sobre la mesa del comedor divisa un alto de carpetas, el diario de la tarde y varios dibujos de Sophie. Una sola mirada le basta para saber que son los bocetos que hace de ella. Cuando están juntas, Sophie la observa, y a veces traza bosquejos en su cuaderno. Si Morgana le pregunta qué hace, ella lo cierra de golpe y sonríe misteriosamente. En una ocasión, después de mirarla atenta por algunos minutos, Sophie le mostró el dibujo ágil y seguro que estaba haciendo de su perfil.

«¿Estará Sophie con Camilo? ¿Y quién es Camilo?», se pregunta de pronto. Nunca lo ha visto, y no sabe de él más que unas pocas cosas. Tendría que haberle preguntado, indagado más. Siente miedo por Sophie. La noche con sus sirenas exacerba los temores. Sin embargo, no puede hacer evidentes sus aprensiones frente a Diego. No tiene sentido preocuparlo.

Se sienta en el borde del sillón y Diego entra en la cocina. Al rato vuelve con una taza humeante de té para ella y una cerveza para él. Le entrega la taza sin mirarla. Después de girar en la palma de su mano un encendedor Zippo, prende un cigarrillo y se acerca a la ventana. Un suave resplandor ocre ilumina el cielo. Son las luces de la ciudad, y también de la luna que está pronta a emerger tras la cordillera. Da un largo sorbo a su botella con la vista fija en la noche.

—¿Supiste lo que ocurrió? —pregunta.

—Sí —musita Morgana—. Es horrible.

—Doce balazos. ¿Te das cuenta? Iba en el automóvil con su hija —aspira hondo y con los ojos cerrados expulsa el humo con fuerza hacia el techo, como si hubiera pronunciado las palabras que pesaban en su corazón por largo rato.

—Oí las noticias en la radio. Un comando interceptó su automóvil. ¿Qué va a pasar con tanta violencia, Diego?

—Nos vamos a quedar solos. Completamente solos. Si entendieran... si pudieran entender que sus actos violentos solo van a traer más violencia... —dice Diego sin mirarla y luego toma otro trago largo de cerveza.

Sus palabras surgen secas, cargadas de rabia e impotencia. Morgana vislumbra en ellas su implacable virilidad. Piensa que debería irse, pero en lugar de eso se lleva la taza a la mejilla para sentir su calor. Él tarda un buen rato en volver a hablar.

—¿De verdad crees que Sophie está con ese tal Camilo?

—Me ha hablado varias veces de él. Es un chico que le gusta, aunque creo que ella no se ha dado cuenta.

—¿Que le gusta?

Sus ojos, que hasta ahora han saltado de un rincón de la sala a otro, se detienen en ella.

—Sí.

—¿Y cómo puede ser eso?

—A veces ocurre.

Él apaga el cigarrillo en el cenicero mientras espira una última bocanada. La luz de una lámpara dibuja en la comisura de su boca sombras que le dan un aire triste.

—A las mujeres, querrás decir. Porque los hombres sabemos muy bien cuando una mujer nos gusta —señala con la mirada aún enterrada en el cenicero.

Morgana tiene la impresión de que, hacia el final de la frase, su voz se extingue, arrepentido quizás de haberla pronunciado. Ella vuelve a pensar que ha llegado el momento de dejarlo solo. Comienza a levantarse, pero Diego se le adelanta, entra a la cocina y retorna con una botella de vino y dos copas. Sus movimientos son bruscos pero precisos. Morgana percibe en él una pulsión controlada y férrea. Recoge los pies en el sillón y abraza sus rodillas.

—¿Tienes frío? —le pregunta él.

—Un poco —dice, mientras enciende un cigarrillo y le da varias caladas con rapidez.

—Es que ese pijama tuyo es muy delgado. Espera —Diego desaparece en el pasillo y vuelve con una amplia sudadera gris de algodón—. Póntela —le indica.

Después de servir las copas de vino, se sienta en el otro extremo del sofá y extiende el brazo a lo largo del respaldo. Su posición es relajada, pero lo traiciona su mano que va y viene, en un intento inútil de alisar la textura estriada del tapiz.

—Tu padre es diplomático de carrera, ¿verdad? —pregunta. Levanta su copa y la mira a trasluz.

—Sí —responde Morgana, mientras trata de soltar la ceniza que aún no se ha formado.

—¿Sigues con frío?

—Menos.

—Acércate.

Diego la rodea con un brazo. Ella apoya la cabeza en su hombro. Él envuelve los dedos en el mechón de pelo que se ha desprendido de su trenza y acaricia su rostro, siguiendo el contorno, luego la nariz, las cejas, los labios carnosos, como si intentara conocer sus facciones. Mirándola, dice:

—Me encantan tu nariz y tus pies, sí, sobre todo me gustan tus pies —extiende una mano y alcanza uno de sus pies morenos—. Sophie está haciendo un retrato tuyo. ¿Sabías?

—Solo he visto un bosquejo.

—Quiere hacer su versión del cuadro de un pintor húngaro. Es una mujer que sostiene una jaula verde donde está prisionero un pájaro blanco. Todo está en penumbras a excepción del pájaro, la jaula, las manos y el perfil de la mujer. Es muy bello. La mujer lleva un pesado vestido ciruela oscuro, pero Sophie quiere pintarte desnuda.

Con la última palabra, Diego roza con sus dedos una mejilla de Morgana.

—¡Desnuda! ¿Por qué?

Los ojos amarillo girasol la miran con el asombro y la fruición de quien ha saltado un muro y se ha encontrado con lo que creía hasta ahora imposible. De pronto, las manos de él buscan a ciegas debajo de su camisón. Percibe el ardor de sus dedos en uno de sus pechos. Morgana extiende las piernas sobre el sofá y acomoda la cabeza sobre su regazo. Él desliza su camisón hacia arriba. Toca su vientre, deteniéndose en su ombligo, dibuja una circunferencia en su contorno y luego presiona en su hendidura.

—Ven —le indica él de pronto incorporándose, al tiempo que toma una de sus manos y la guía hasta su cuarto.

Mientras se saca la camisa, él la mira con fijeza, intentando acaso calibrar la impresión que produce en ella su torso desnudo. No hay preámbulos, Diego empuja sus caderas contra las suyas y entra profundo, de un golpe, pero una vez dentro permanece quieto, observándola, con una sonrisa minúscula pero visible. Vuelve a empujar, midiendo en los ojos de ella la intensidad de sus embestidas. Con una mano flexiona una de sus rodillas para llegar más adentro. Al cabo de un momento se detiene otra vez, cierra los ojos y la abraza. Advierte el calor de su aliento en el oído. Piensa que más tarde recordará este abrazo, a Diego dentro de ella, y siente una súbita tristeza. Sabe que a pesar de la cercanía, del acoplamiento de sus cuerpos, hasta el punto de sentir que toca una veta profunda de Diego, al deshacerse, ese contacto se llevará todo con él. Porque la existencia no resiste este ardor, lo apaga, lo arranca como a las malas hierbas; porque esta intensidad es incompatible con la razón, con la cordura que necesita la vida para seguir su curso y llevarse a cabo a sí misma.

Siente el deseo incontrolable de pedirle que siga, que no se contenga, que llegue hasta el fondo, aunque sabe que ese será el fin. Ya no lo tendrá allí, su pelvis contra la suya, sus ojos clavados en ella, interrogándola, sopesándola. Pero no puede evitarlo.

—No te detengas —le pide.

Él presiona hondo una y otra vez. Ya no hay vuelta atrás. Acaban, no juntos, pero casi al unísono.

Diego desliza el brazo por su espalda y la arrima a su cuerpo. Morgana descansa la mejilla sobre su hombro mojado por el sudor y pega los pechos a las costillas de él. Escucha el silencio, un silencio que es aparente, una cubierta que esconde otros sonidos. No se ha guardado nada para sí, se ha dejado ir hasta el final, y a la vez que experimenta una gran liberación, la tristeza de hace unos minutos vuelve a asaltarla.

Piensa en el cuerpo del ex ministro, su cabeza sin vida en el asiento ensangrentado, los doce balazos y la sangre que ahora se desliza por la noche, transformada en gritos lejanos, en un largo lamento que atraviesa la ciudad. Se arrima más a él. Diego se levanta de un salto y cierra las cortinas. Los sonidos del exterior se amortiguan pero no desaparecen. Morgana ve sus nalgas pequeñas y turgentes, sus muslos gruesos y firmes que no son obvios bajo su ropa. Le dan ganas de tocarlo nuevamente. Su torso, en cambio, no está tan bien desarrollado y le otorga a su cuerpo una apariencia de cierta fragilidad.

—Tú y Sophie a veces duermen juntas, ¿verdad? —le pregunta una vez de vuelta en la cama.

—Sí. ¿Cómo lo sabes?

—Me dijo que cuando no podía quedarse dormida, te llamaba y tú venías a acompañarla. Me conmovió mucho. ¿Qué hacen?

—No somos lesbianas.

—Lo sé, no me refiero a eso —ríe él—, pero desde que ella lo mencionó, cada vez que llego tarde no puedo sacarme de la cabeza que tal vez tú estás ahí al lado, en la cama de Sophie, y me perturba un poco.

—Nos cuidamos y nos acompañamos, debería alegrarte.

—Claro, por supuesto. Pero duermes con mi hija, abrazada con mi hija, y ahora estás en mis brazos.

—¿Eso te dijo Sophie?

—Sí, me dijo que tú la abrazabas, y así se quedaba dormida.

—Es cierto. Para mí también es bueno. ¿Ella te cuenta todas sus cosas?

—Supongo que sí. Me tiene confianza.

Morgana piensa que todo de pronto se vuelve ambiguo. Sí, quiere a Sophie de una forma honesta y entregada. Pero esa verdad, cuyo principio han atesorado juntas, se hace añicos cuando choca con el deseo. ¿Qué sentido tiene ser fiel y verdadera consigo misma, e infiel y mentirosa con Sophie? A su vez, intuye que por ella, por el ardor que le provoca, Diego ha roto una promesa que debió hacerse a sí mismo sin necesidad siquiera de pronunciársela, porque resulta obvia, imprescindible. Se resume en unas pocas palabras: jamás desear a una amiga de Sophie.

Un helicóptero los sobrevuela. Oyen el zumbido acercarse a la cumbre de su edificio. Morgana esconde uno de sus pies fríos bajo las piernas de él. El cuerpo de Diego se tensa. En su latir agitado escucha su intranquilidad.

—Creo que es mejor que subas —lo oye decir suavemente—. Sophie puede llegar en cualquier momento.

Distingue en su rostro esa misma necesidad de imperiosa distancia que lo asaltó en la playa. Se levanta de la cama con calma y sin mirarlo recoge su camisón del suelo.

—Espera, yo te acompaño hasta tu departamento —dice él.

—No es necesario —señala ella, intentando que su voz suene neutra.

—Pero quiero hacerlo —insiste, al tiempo que se pone los pantalones.

El traqueteo del helicóptero parece detenerse sobre sus cabezas. Es un ruido que por un
momento lo abarca todo. Luego comienza a alejarse, pero en aquellos segundos algo ha ocurrido.
Morgana sabe que ambos han pensado y temido
por Sophie.

Salto del ángel

Sophie goza del contacto de la mano de su padre cuando, sentados uno al lado del otro en la gradería, él oprime la suya. Morgana, junto a otras cinco chicas, está de pie en el borde de la piscina con la espalda muy recta. Lleva un bañador negro y una gorra de goma oculta su cabellera. Es la primera vez que Diego presencia una de las competiciones de Morgana. «Necesitas distraerte un poco, si no tu cabeza va a estallar», le dijo Sophie para convencerlo. De un tiempo a esta parte lo ve nervioso, siempre apurado, y en su ceño parecen haberse instalado pensamientos trágicos. Las llamadas no han cesado. En ocasiones, los provocadores rompen el silencio y una voz camuflada tras un pañuelo profiere amenazas. Sophie evita en lo posible quedarse sola. Por eso suele acompañar a Morgana a sus entrenamientos. Le gusta cuando practican los saltos ornamentales que llevan nombres como «patada a la luna» o «salto del ángel». Morgana tiene ahora una expresión concentrada que le otorga una belleza madura y rotunda. Las competidoras extienden los brazos y se largan. Los ojos de Sophie están fijos en su amiga. Rodeados de luz, sus brazos dibujan curvas en el aire y la línea de su espalda rompe la superficie del agua como un sable, limpia y silenciosamente. Sophie mira a su padre. Nota su ansiedad cuando Morgana comienza a perder terreno. Sus movimientos elegantes la traicionan, y al llegar a un extremo y darse la vuelta demora más que las otras.

Poco a poco, Sophie ha logrado que Diego aprecie a Morgana. Ahora, los tres están unidos por un lazo del cual ella se considera responsable y guardiana.

—Es fantástica, ¿verdad? —comenta Sophie.

—Lo es —afirma Diego, y la mira con una expresión que Sophie no logra descifrar. Piensa que tal vez quiere seguir hablándole, pero en lugar de eso él vuelve la vista al frente y se une a los aplausos que dan por ganadora a una chica alta que, a diferencia del resto, tiene las espaldas estrechas como las de Sophie.

Al paredón

Al salir a la calle, Morgana, con el pelo húmedo cogido en una trenza, se echa el bolso al hombro y Sophie la toma del brazo.

—Lo hiciste muy bien —le dice Diego, y le da un beso en la mejilla, templado como un murmullo.

—Ya sé, ya sé, lo importante es competir, ¡pero yo quería ganar! —exclama ella riendo. De sus bocas brota el aliento que se une al aire frío de la tarde.

Hace seis meses que Diego sube a su departamento todas las madrugadas y se desliza entre sus sábanas. Hacen el amor y toman desayuno en la cama, mientras Sophie, sin enterarse de nada, duerme dos pisos más abajo.

A pesar de que ahora Sophie los lleva a ambos tomados del brazo y su andar es despreocupado, Morgana advierte en el rostro de Diego una expresión apenada. Ella también siente tristeza ante el entusiasmo de Sophie, sabiéndola ignorante de la verdadera naturaleza de esa unión que la hace tan feliz y de la cual se cree ingeniera.

A lo lejos se escucha un ruido continuo y amorfo que de tanto en tanto se vuelve más intenso.

—Es la marcha de las cacerolas —declara Diego—. Creo que lo mejor es que nos volvamos por calles aledañas para no toparnos con ellos.

Los esfuerzos de Diego son infructuosos. Al cabo de unos minutos se dan de bruces con los cordones policiales. Sus escudos les imposibilitan la pasada. Deben continuar por calles principales, donde se encuentran con un desfile de mujeres vociferantes. Diego las toma a ambas con firmeza. Morgana siente su mano grande y tibia en la suya. Entre los tres crean un bloque que avanza en dirección contraria a la masa de mujeres. Morgana distingue un halo de ferocidad en sus rostros. Sus ojos están inyectados, abren la boca y vocean, y sus gargantas tirantes vibran con sus consignas. Llevan cacerolas, sartenes, usleros colgados del cuello, ollas en la cabeza a modo de cascos, bolsas de malla y canastos vacíos. Las consignas, cada vez más ásperas y estridentes, los cercan. «¡No hay carne, huevón; no hay leche, huevón; qué chucha es lo que pasa, huevón!». Sophie camina con la vista puesta en el pavimento, con la expresión de quien se adentra en una tormenta de lluvia.

—Quiero salir de aquí —musita con la voz estremecida. Su rostro ha adquirido una súbita palidez.

—Lo haremos —señala Diego.

Caminar zigzagueando resulta más fácil que en línea recta. Algunas mujeres se abrazan y levantan sus pancartas. Las más jóvenes se toman de las manos. Banderas chilenas, banderas blancas con una araña negra en su centro, banderas multicolores en las manos de los niños, banderas de largos mástiles que lideran un conjunto de hombres y mujeres vestidos de blanco, banderas de Estados Unidos, todas flameando acompasadas, como si respondieran a un sistema nervioso central.

En un momento deben detenerse. La masa es compacta. Sophie se sube a una banqueta de la calle para respirar. Morgana y Diego se miran, sonríen, ella entrecierra los ojos, los abre, y vuelve a sonreír. Un entramado de señales que han tejido a lo largo de estos meses juntos, a través del cual se comunican en presencia de Sophie. Expuesto al mundo, Diego le parece sólido; en la intimidad de su alcoba, en cambio, percibe su aire frágil y vulnerable.

Una tropa de mujeres entradas en años canta el himno nacional en laborioso avance; sus semblantes son graves y a la vez iluminados. Si no hubiera escuchado sus violentos gritos de guerra, pensaría que sus almas están cargadas de intenciones de bondad y beatitud. Diego, Sophie y Morgana reanudan la marcha, circulan sin cejar contra la corriente de la muchedumbre. Algunos reaccionan con hostilidad y los insultan. Los cruza una comparsa de jóvenes provistos de camisas azules, cascos y cadenas. Se abren paso con decisión y sin muchos miramientos. Algunas mujeres los vitorean y aplauden, pero ellos siguen su camino sin alzar la vista.

De tanto en tanto, Morgana percibe la mano de Diego en su cintura. Siente sus dedos que hurgan por una décima de segundo bajo su blusa y luego se retractan. Su cuerpo se crispa ante el recuerdo de la noche anterior. Hacían el amor cuando él de pronto se quedó quieto, y con la mirada ambarina clavada en ella le preguntó por su primera vez. Quiso también saber su nombre. Cuando ella se lo dijo, él puso su mano abierta en su boca y sosteniéndola así, suave pero firmemente, volvió a hacerle el amor con más brío. Tuvo la impresión de que el nombre del chico había entrado en el cuarto como una fusta y había azuzado su deseo. Al acabar, él recorrió con las yemas de los dedos sus rasgos por largo rato y la envolvió en un abrazo. Se quedó dormida antes de que saliera el sol, y al despertar, Diego estaba sentado en la cama, con un tazón de café entre sus manos, mirándola con fijeza. Sintió que mientras ella dormía, él había entrado en su conciencia a desvalijar sus secretos.

La columna humana avanza con lentitud. Diego vuelve a tocarla, en un contacto que va haciéndose a cada instante más intenso. Entre un conjunto de mujeres acicaladas —como si en lugar de una manifestación se hubieran dado cita en un café de moda—, Morgana reconoce a una de las amigas chilenas de su madre. Es una mujer vistosa, de labios carnosos y rojos. Lleva una chaqueta entallada color crema y una falda a juego hasta muy por encima de sus rodillas. «Allende, escucha, las mujeres somos muchas», corean ahora a sus espaldas, una consigna que resuena hasta llegar a ellos. Las voces a su alrededor se unen en un enorme «somos muchas», que se levanta como una ola, sin desplomarse, suspendida en sus oídos con estridencia, hasta ocuparlo todo.

—No puedo —dice Sophie. Su palidez ha aumentado y se encorva. Pareciera que fuera a vomitar. Sus ojos suplicantes relumbran de lágrimas.

—No pasa nada —Diego la toma por los hombros y la sacude con suavidad, como si la despercudiera de los tejidos de un hechizo en los cuales está atrapada—. Esto lo hemos hecho tú y yo otras veces. ¿Acaso no te acuerdas? Eran miles de personas y todos gritaban. ¿Recuerdas a ese vagabundo que insistió en ofrecernos su petaca y que al final resultó ser un profesor jubilado de La Sorbonne? Tú sentiste este mismo mareo, pero ya sabemos que no pasa nada —su voz es briosa pero plácida. Morgana piensa que por su tono jovial tiene la virtud de iluminar la realidad.

Desde un edificio alguien arroja papel picado. Desciende lentamente, posándose en las cabezas, en las pancartas, y se dispersa con la tenue brisa de la tarde que aún no ha vencido al calor de diciembre. Vuelven a hendir la riada humana. Diego apura el paso y las arrastra con él. Frente a la sede de una universidad, jóvenes atrincherados en las ventanas gritan consignas: «Las momias al colchón, los momios al paredón». Otras voces se unen a las suyas. Sophie murmura para sí la palabra «paredón». Se desprende de Diego y se tapa los oídos con ambas manos. Él la abraza. Los gritos continúan.

—Tranquila —vuelve a decirle. Solo su voz parece devolverles la luz a unos ojos cada vez más cubiertos de tinieblas.

Los hombres de camisas azules irrumpen de pronto, como si hubieran estado agazapados tras los árboles de la acera. Son muchos más que hace un rato, avanzan con decisión perruna y comienzan a arrojar piedras hacia donde se encuentran los estudiantes. Pronto, las piedras van y vienen.

—Tenemos que salir de aquí —señala Diego—. Podrás hacerlo, ¿verdad? —le pregunta a Sophie. Morgana percibe en su semblante un estado de alarma que nunca antes había visto en él.

El cuerpo de Sophie se estremece con tal intensidad, que pareciera estar convulsionando. Diego la estrecha y le susurra palabras. Ella no deja de temblar y de sus ojos se deslizan lágrimas silenciosas. Padre e hija están unidos en un abrazo, como en una isla, ausentes, mientras la gente a su alrededor corre, recoge piedras caídas y las vuelve a lanzar hacia cualquier lado. Morgana recuerda una mañana de hace un par de meses, cuando, armada de valor, le preguntó a Diego si algún día podrían hacerle saber a Sophie lo que ocurría entre ellos. Él le respondió que eso era imposible, y que no podía explicarle las razones en toda su cabalidad sin traicionar a su hija. ¿Le contará alguna vez Diego la verdad sobre Sophie?

Las pancartas y banderas quedan abandonadas sobre las aceras. De la frente de un chico de no más de doce años brota sangre profusamente. Un fuerte escozor embiste sus gargantas y ojos. Morgana siente que se ahoga.

—Son las bombas lacrimógenas —señala Diego.

Se escuchan gritos, insultos, advertencias, pitos y silbatos. Ahora todos corren. A los «camisas azules» se han sumado hombres que llevan la cara cubierta con pañuelos y pasamontañas, algunos huyen a gran velocidad sin dejar de arrojar sus proyectiles. Diego, Sophie y Morgana corren, corren y siguen corriendo, hasta que sin resuello se detienen unas cuadras más adelante, donde de pronto, se dan cuenta, reina la calma. Han logrado salir de la reyerta. A lo lejos se escucha el aullido de las sirenas. Es un barrio de casas de un piso de fachada continua. En las aceras crecen árboles veteranos y frondosos cuyas masas verdes descienden sobre las moradas. Un niño pasa silbando en bicicleta. Su andar es inseguro y serpentea en medio de la calle.

—¿Están bien? —pregunta Diego.

Se ven extenuados y sudorosos. Tienen los ojos escocidos y llenos de lágrimas. Una mujer, con un delantal en el que se refriega las manos, se asoma a través de una puerta entreabierta. Su pelo cano brilla con la luz.

—Necesitan sal —afirma con una voz que después de los estruendos tiene una sonoridad dulce, y luego desaparece tras la puerta para retornar al cabo de unos minutos con una bolsa con sal para contrarrestar el efecto de las bombas lacrimógenas.

Fragor de aluminio

Llegan a su edificio al anochecer. Dos hombres vestidos con idénticas chaquetas grises descienden del ascensor entre risotadas. Al verlos entrar, sus risas se paralizan y caminan presurosos hacia la puerta de acceso. En un segundo han desaparecido.

El ascensor huele fuertemente a colonia. Se detienen en el piso 12.

—Necesitamos una cerveza. ¿Quieres bajarte con nosotros? —le pregunta Diego. Morgana asiente en silencio.

El son tranquilizador de los acordes de un piano se desliza por el pasillo. Una de las luces está averiada y reina una pesada penumbra. Sophie va adelante haciendo sonar las llaves.

—¡Diego! —grita cuando está frente a la puerta de su departamento. Se echa hacia atrás y se lleva las manos a la boca.

Morgana y Diego apresuran el paso. Un rayado de pintura cubre casi toda la superficie de la puerta.

Comunista culiao, o la parái o te paramos

—Son ellos —dice Sophie, al tiempo que oprime la mano de su padre.

—Los de las llamadas —agrega Morgana.

—Mañana pido seguridad —dice Diego—. Ahora quédense tranquilas.

Sophie pasa sus dedos por la pintura fresca y luego se la queda mirando como a una sustancia extraña.

—Tanto daño, ¿verdad? —dice en un murmullo.

—Vamos, entren ya —les indica Diego.

El departamento tiene su apariencia habitual: los materiales de trabajo de Sophie, vasos sobre la mesa, libros por doquier, el desorden que ella y Diego comparten con relajada convicción. Se sientan en la sala y él trae quesos, pan y cervezas.

Los golpes metálicos de las cacerolas continúan, parecen surgir de los cuatro puntos cardinales. Algunos provienen de lejos y llegan hasta ellos en sordina. Son secos y siguen un ritmo, siempre el mismo, alcanzando todos los rincones de la estancia.

—No se cansan nunca —dice Sophie.

Diego enciende el tocadiscos. Pero es inútil. El fragor del aluminio persiste tras la trompeta de Miles Davis. La luminosidad de la ciudad encubre las estrellas, mientras que las ventanas de los edificios, ocultas durante el día, ahora refulgen con sus luces blancas y amarillas. Tras sus silencios lúgubres se asoma la inquietud. Diego, sentado en el sofá, golpea su encendedor Zippo contra su pierna. Morgana, en el otro extremo, saca un cigarrillo y él se lo enciende sin mirarla. Sophie, frente a ellos y con los ojos fijos en su vaso, parece haber emigrado.

Morgana tiene la sensación paralizante, parte incredulidad, parte miedo, que imagina invade a las personas cuando alguien les anuncia que ese dolor al cual no han prestado mayor atención delata una enfermedad mortal.

Al cabo de un rato, Sophie se levanta y se ofrece a preparar espaguetis. Mientras la escuchan en la cocina, Morgana y Diego permanecen en la sala, sin moverse, sin mirarse siquiera. Ella se aproxima a él y deja caer la cabeza en su hombro. Su contacto cálido la sosiega y la emociona. Siente ganas de llorar.

De pronto, Sophie aparece en la sala y Diego se desprende de Morgana abruptamente. Una reacción que si no hubiera sido tan repentina, tal vez no hubiese provocado en Sophie esa mirada que lo abarca todo, que se derrama, y que en pocos segundos se vuelve sombría, como si la tristeza hubiera de pronto oprimido su garganta.

*

En la madrugada, Diego se desliza entre sus sábanas y se recuesta a su lado. Morgana siente su aliento pesado resbalar por sus mejillas.

—¿Duermes? —pregunta él.

A esa hora, en que la plena claridad no se ha asentado aún, cualquier palabra parece adquirir un viso particular.

—Sophie no se quedó dormida hasta hace un par de horas.

—Fue todo muy fuerte. Yo tampoco logré dormir mucho.

—Ni yo.

—¿Quiénes son?

—Algún grupúsculo de ultraderecha. No van a llegar más lejos que esto.

—¿Cómo puedes estar tan seguro?

—De todas formas voy a pedir que nos pongan a alguien por unas semanas. Eso logrará amedrentarlos si intentan entrar nuevamente al edificio.

—¿Tú crees que Sophie se dio cuenta de lo nuestro?

—No lo sé. Como sea, no puede volver a ocurrir, Morgana. Lo entiendes, ¿verdad?

—Claro que lo entiendo —replica ella. Escucha su propia voz ahogarse en un susurro.

De pronto, Diego la estrecha. Su abrazo es tan intenso y absoluto que pareciera surgir del interior de su ser. Aun cuando sabe que lo suyo nace de la atracción que sienten el uno por el otro, y que ese es el límite que Diego se ha autoimpuesto férreamente, por un fugaz momento tiene la certeza de su amor.

Para ella, por ella

Junto al mes de junio ha llegado el invierno otra vez. Las huelgas y los acaparamientos acabaron con el combustible de la ciudad y la pequeña estufa a parafina permanece apagada en un rincón de la sala. Por sus ranuras, en lugar de calor, pareciera emerger el frío. Morgana se frota una mano contra la otra para calentarlas, al tiempo que observa las jaulas de Sophie. Con la ayuda de un taladro han colgado del techo la mayoría de ellas. Carmen Waugh, una importante galerista, se ha interesado por el trabajo de Sophie y vendrá a verlas.

Con el fin de hacerles un espacio han debido mover el sillón, las butacas y la mesa de centro al comedor. El trabajo consiste en diez jaulas vacías elaboradas con diversos materiales, ramas, trozos de objetos abandonados, desechos. De cada una de ellas cuelga una banderola que lleva escrita la frase de un poema. Buscaron juntas los materiales para construirlas. Los encontraban en los lugares más impensables, al punto de que en ocasiones, Morgana tenía la impresión de que Sophie podía ver lo que yacía bajo la superficie de los objetos, escuchar su latir imperceptible, como si ante su presencia estos se animaran a despojarse de las capas que ocultan su verdadera naturaleza. En una de sus andanzas, ella le preguntó por qué las jaulas estaban vacías. Sophie miró hacia el pavimento y con cierta tristeza le dijo que lo invisible era infinitamente más vasto que lo visible. «Es el silencio que yace entre nota y nota, la luz que está oculta en la penumbra, el volumen que hace del vacío, vacío», dijo, y luego calló por el resto del día. Morgana sintió que Sophie le había revelado un secreto muy íntimo que contenía todos sus secretos.

Suena el teléfono y ambas miran el aparato con inquietud. Sophie responde.

—Es Diego —dice con una sonrisa.

A pesar de que ahora un par de policías hace guardia en el acceso del edificio las veinticuatro horas del día, él suele llamar varias veces durante la jornada.

No hay un instante en que Morgana no piense en Diego, ni un instante en el cual las imágenes de sus madrugadas no la estremezcan. Vuelve a recordar aquella noche en que él le pidió que le contara de la primera vez que había hecho el amor. Recuerda su excitación, y cómo desde entonces, y cada vez con más frecuencia, le pide que le hable de sus amores pasados. En ocasiones se contenta con pinceladas, un encuentro furtivo, una caricia robada, pero en otras le exige que se detenga en detalles para comprobar una y otra vez su veracidad, hasta que ella le dice que está harta, y entonces él la toma y hacen el amor. De vez en cuando le ordena que le muestre cómo la amaron otros hombres. «Acaríciate como él lo hizo». «Tócame como lo tocaste», le dice, incitándola a repetir el gesto, «más, más, más», hasta que ella cae sobre él, exhausta, algunas veces presa de excitación por su propio relato y el ardor que este provoca en Diego, y en otras entristecida.

La voz de Sophie la saca de sus ensoñaciones.

—Me gustaría que te llevaras esa jaula —la escucha decir de pronto, señalando una de las más pequeñas, construida de ramas de arrayán. Su banderola lleva escrito el verso «Morir y todavía amarte más».

—La hice para ti —añade.

Sus palabras la estremecen. En una ocasión, cuando recién se habían conocido, le contó a Sophie que todo lo que Brodsky escribía —cada verso, cada palabra— lo hacía para Auden. Él era la sombra a quien buscaba complacer. Unas semanas después, Sophie le dijo que todo lo que creara sería para ella, por ella. Morgana enciende un cigarrillo y, en un gesto viril e impetuoso, arroja el humo hacia delante.

—No digas eso, Sophie —responde, y se lleva una uña a la boca.

—Es que es verdad —dice Sophie, adelgazando la voz para disimular su emoción.

Los últimos rayos del sol entran oblicuos por la ventana e iluminan la sala. Las jaulas, con sus diversos materiales, arrojan resplandores. Da la impresión de que intentaran herirse unas a otras. Morgana se levanta del sillón y sepulta su cigarrillo en el cenicero. Al cabo de un par de segundos enciende otro.

—Sophie, ¿no has pensado que sería bueno que invitaras algún día a Camilo? Yo no lo conozco, tampoco Diego.

—Es que ya casi no lo veo.

—Deberías verlo más —señala Morgana sin mirarla. Con el cigarrillo sujeto entre los labios desata su moño para volver a armarlo con manos diestras.

—¿Para qué? Me basta con Diego, tú y yo. Y Anne, claro —concluye, e intenta reírse.

Morgana se acerca a ella y la toma con firmeza de los hombros.

—Es que no es normal, ¿no te das cuenta, Sophie? ¡No es normal que tu única vida seamos tu padre y yo! —le grita.

El rostro de Sophie se oscurece. Desde el fondo de sus ojos la mira sin decir palabra. En un gesto nervioso hace girar la cinta que lleva en su muñeca, como si echara a andar un mecanismo secreto en su interior. La de hoy es de colores tenues y más delgada que las otras. Un silencio duro y vigilante ha saltado sobre ellas.

—Dime algo —le pide al cabo de unos segundos.

Pero Sophie permanece inmóvil. Morgana sabe que se siente extraviada. Sabe también —como se lo confesó una noche que dormían juntas— que busca una superficie brillante en la cual detener sus ojos, una superficie para mirar la realidad desde allí, y en su reflejo deshacer aquello que la perturba.

—Perdóname. No quise hablarte así —le dice quedamente.

Sophie está de pie, los puños apretados, la cabeza vuelta hacia la ventana, la mirada húmeda fija en el ocaso que va con rapidez convirtiéndose en un añil oscuro.

—Dime algo —le ruega.

Morgana distingue la fosforescencia que aflora de su fragilidad. Aspira su cigarrillo una y otra vez, capturada por el silencio de Sophie.

—¿Me vas a hablar?

Los labios de Sophie tiemblan. Intuye en ellos un peligro, una advertencia. Tiene la impresión de que si persiste, Sophie volará en mil pedazos.

Todo o nada

Hoy se conmemoraron dos años de gobierno. Los mismos dos años desde que Morgana se dejó caer en el departamento de Sophie sin conocerla, atraída por su apariencia frágil y excéntrica.

Por la noche, Morgana le ha sugerido a Diego que paseen juntos, del brazo, como lo hacen las parejas que no se ocultan. Las calles están cubiertas de papeles, pancartas rotas y desperdicios que dejó la celebración. En lo alto, los edificios crean un puzle de luces mortecinas, fantasmagóricas casi.

A pesar de que la avenida está desierta, Diego se adelanta y la toma por la cintura desde el lado expuesto de la acera, a la antigua usanza. Es en estos detalles y en sus historias que Morgana recuerda su edad. Ha llegado a querer y desear los surcos en sus mejillas, sus párpados caídos, el brillo gastado que despiden sus ojos. Atraviesan la calle y se internan en el parque. Después de la explosión de sonidos, el rumor del río tiene una textura sanadora. Aun así, Diego continúa inquieto, excitado. Masculla, sonríe y apresura el paso sin motivo. Es la animación de la tarde, el discurso del presidente, la multitud, las consignas. Morgana respira el aire fresco y percibe el misterioso poder de las gigantescas secoyas. Sus ramas se extienden y se unen a sus vecinas en un abrazo. También siente la mano firme de Diego. Lo mira de reojo. No se cansa de mirar sus labios y la curva que dibujan con su mentón.

Los plátanos orientales la hacen estornudar. Diego entierra los dedos en su cadera. Ella voltea su rostro y huele su cuello. Un aroma dulce y a la vez agrio que ella adora, y cuyos resabios del humus de los suelos le hacen pensar que se gesta en el interior de su cuerpo y no en la superficie de su piel.

Vuelve a olfatearlo y esta vez sepulta su nariz en el lóbulo de su oreja. Entra con la lengua en la cavidad de su oído. Diego cierra los ojos y su respiración se agita.

—Me excitas —dice él.

Morgana sabe que el contacto de su piel atiza sus sentidos. Hace algunos meses, Diego le confesó que las chicas más jóvenes nunca le han producido curiosidad erótica, porque a pesar de su vida amorosa aventurada, en última instancia lo que busca en sus encuentros es la posibilidad de un amor entre iguales. Su confesión la turbó. Sabe que por ella ha transgredido la línea prohibida; no obstante, nunca le ha expresado la posibilidad de que entre ellos se dé lo que él llamó «un amor entre iguales». Lo cierto es que añora una palabra, una sola, que defina los límites por donde moverse, sin la sensación de que en cada paso corre el riesgo de caer. A veces desearía tener un barómetro que midiera la intensidad de los sentimientos de Diego, y así ajustar los suyos a su medida. Pero no lo tiene, entonces los suelta de a poco, para luego recogerlos, como un pescador arroja su caña en aguas oscuras y desconocidas. Teme que el único ingrediente que los une —en esa relación que no se expone al aire ni al polvo de la cotidianidad— sea su naturaleza oculta, su vocación de imposible. Tiene miedo también de que esa añoranza dulce que experimenta en sus ausencias se vuelva dolorosa, miedo a que las defensas no funcionen, que su frágil equilibrio se rompa, miedo a despertar un día con los ojos fijos de Diego en los suyos, y que al avistar el fondo del pozo de sus pupilas él no encuentre nada. Miedo a dejar de sentir lo que siente. Miedo a la naturaleza de Diego. Sabe que él no va a abandonar por voluntad propia los placeres que ella le brinda con su cuerpo. No mientras pueda evitarlo. Ella lo vivifica. Su necesidad de ella puede llevarlo incluso a fingir que está dispuesto a franquear líneas venideras en su relación. Desconfía. Se lo han enseñado sus caderas, sus pechos, sus labios. Su cuerpo conoce el poder que ejerce: absoluto y superficial a la vez.

En el centro de la ciudad tañen las campanas de la catedral y a lo lejos se escuchan gritos aislados. Sus pasos y los de Diego se multiplican. En ocasiones, él la llama desde el baño, la desprende de su camisón y la estrecha, mientras no deja de mirar su imagen, la de ambos, proyectada en el espejo. Le gusta verse a sí mismo con ella entre sus brazos, su desnudez plena, su indefensión, su piel mate, sus senos apresados contra su pecho. A veces entra en ella frente al espejo, con lentitud, para presenciar palmo a palmo el acto de poseer su cuerpo.

Diego, ajeno a sus pensamientos, está silbando. Es una canción que habla del mar y que escucharon por la tarde en la celebración. Podría pedirle que nombre sus sentimientos, que les otorgue una forma. Pero es tan deliciosa su alegría y tan genuina su naturalidad, que le parece impensable demandarle más de lo que le da.

De pronto piensa que si las cosas están muy cerca, se hacen invisibles, y si están muy distantes, se desdibujan. Es inútil intentar verlas con claridad.

—¿Te pasa algo, preciosa?

Diego no está lejos. Nunca lo está, al fin y al cabo. Siempre intuye sus tribulaciones.

Se detienen frente a una fuente con una escultura wagneriana de teutones y focas. Se oye el rasmillar de la brisa contra las ramas de los árboles. Pareciera ser la noche de varios mundos simultáneos.

—¿Tú me quieres? —le pregunta. Y tan pronto como ha terminado, siente el peso del arrepentimiento. El resplandor de la luna, como la luz de una máquina fotográfica, pareciera congelar el instante.

—Claro que te quiero, preciosa —dice Diego, al tiempo que busca su boca. Ella lo detiene.

—Me refiero no de esta forma.

—Te quiero de todas las formas —señala Diego y vuelve a intentar besarla. Morgana lo rechaza con brusquedad.

—Demuéstramelo. Pero no así.

—¿Y cómo entonces?

—Háblale a Sophie de lo nuestro, salgamos al aire. Me cansé de mentirle, de estar siempre ocultos.

Diego la mira y sonríe de medio lado. Ella detesta esa expresión.

—Vas muy rápido. Lo quieres todo —señala él. Arruga la nariz, al tiempo que sus ojos se vuelven pequeños y penetrantes.

—Sí, por supuesto, lo quiero todo. Todo o nada —replica burlona pero firme, extendiendo los brazos a lado y lado, como si con ellos enseñara la dimensión de su anhelo y a la vez de su impotencia.

Diego le pide un cigarrillo. Se lleva ambas manos al rostro para encenderlo. La luz del fósforo dibuja sus rasgos viriles. Morgana siente ganas de golpearlo, de sacarle esa sonrisa de la cara. Esa sonrisa que se complace en verla frente a él, riñendo, esos ojos que la sopesan y que no dejan de desearla.

—Tú sabes que eso es imposible —zanja él.

—Entonces déjame ir contigo a alguna de tus reuniones, a una comida, a lo que sea —señala.

—Morgana... —dice él en un tono cansino.

Ella se cuelga el bolso a través y emprende la marcha. Él, unos pasos más atrás, la sigue. Se lo ha pedido decenas de veces y la respuesta de Diego ha sido siempre la misma. De pronto piensa que aquello que los une no son más que las ganas de amar y ser amados, el deseo de verter en alguien el ardor que se acumula en el corazón y que sin destino empieza a ahogarlo, a entumecer y desensibilizar el cuerpo. Su amor por Diego es solitario, como el de todos los amantes.

—Morgana... —la llama con voz queda a sus espaldas.

—No quiero hablar.

Caminan rápido, en silencio. Pisan una fronda de panfletos que se levanta a su paso. Ella va delante, mordiendo el pasador que sujeta su trenza hasta hacer doler la mandíbula. Atraviesan el parque. El abrazo de los árboles ya no le parece acogedor, sus siluetas recortándose contra el pasto le producen escalofríos. Un Fiat 125 transita por la avenida desierta con una bandera chilena colgando de la ventana.

En el ascensor, Diego intenta estrecharla y Morgana lo rechaza.

—¿Qué piensas? —le pregunta ella sin mirarlo.

—Que debes dormir conmigo —declara sombrío.

—¿Nada más?

—Por ahora nada más.

Cuando entran en su cuarto, ambos notan que la orquídea resplandece con una luz propia. Fue Diego quien se la regaló. Se la trajo en una de las primeras ocasiones que subió a su departamento por la madrugada. Es una *cattleya labiada,* una especie muy rara, de un malva entre rosa y púrpura que, según Diego, es el color del tiempo. Frente a su luz se quitan la ropa. Él tiene sus ojos amarillos e inescrutables fijos en ella. La aprieta contra sí, sin dejar de mirarla y acariciarla, burlón e intolerablemente misterioso. Una vez en la cama, la da vuelta, introduce la mano en el hueco que deja su pelvis y levanta sus caderas. Morgana ya no puede verlo. Con los dedos él busca su interior y recoge su humedad. La toma por las nalgas y comienza a entrar en ella. Morgana siente desconcierto, dolor, un dolor que se acrecienta con la hondura, gime. Él cede y besa los pequeños lóbulos de sus orejas. Vuelve a entrar, despacio, palmo a palmo, sin apuro, pero con el claro propósito de llegar hasta el fondo. En los primeros avances ella vuelve a sentir dolor, pero de pronto todo cambia. Él deja caer el peso de su cuerpo sobre su espalda y empuja, toma una de sus manos, la oprime, y empuja otra vez. El dolor y el desconcierto están lejos. Nunca antes ha sentido a Diego en ella como ahora, su piel sudada contra sus nalgas, su respiración en su oído, y piensa que tal vez puede conformarse con esto, que puede abandonar el sueño del todo y no le importa.

*

Por la madrugada, mientras yace a su lado semidormida, Diego le pide que clasifique a los hombres que ha conocido, de menor a mayor, según los placeres que le brindaron.

—Tú estás loco, Diego —dice Morgana, desperezándose.

—Pero si es un juego.

—No me parece en absoluto divertido —replica, y se da vuelta en la cama contra el muro.

Ante su negativa, él se levanta y frente a la ventana enciende un cigarrillo.

—Si tú no quieres hablar, yo puedo contarte algo.

Por primera vez él le relata una de sus aventuras amorosas, la de una periodista con quien viajó por el Líbano. Morgana lo detiene. La imagen de otra mujer en su alcoba le resulta insoportable.

—Entonces cuéntame tú. Lo del ranking de placeres me parece fascinante.

Ella vuelve a negarse. Él le dice que siga durmiendo, que aún es temprano, y entra al baño. Mientras lo oye en sus quehaceres, Morgana vuelve a sentir la pesadumbre de otras veces. La sensación de que tras el afán de Diego de conocer sus historias hay una misteriosa inquietud. Ya vestido, Diego se tiende a su lado para despedirse y ella simula dormir.

Después de escuchar la puerta cerrarse, Morgana se prepara un café negro y vuelve a la cama. Aún tiene algunos minutos antes de levantarse para ir al trabajo. Sentada con los pies recogidos, sostiene la taza entre ambas manos para calentarlas. La orquídea la mira con su temblor de vida. Además de la orquídea y la cama, no hay más que paredes blancas y torres de libros en el suelo. La luz sin brillo deja al descubierto el mundo precario que ha construido para sí misma. Quisiera decirle a Diego que los hombres con quienes ha estado son tan solo tres, y que no le importa clasificarlos, que puede hablarle de sus amores al oído, si así lo quiere, describirle los detalles más impúdicos de sus encuentros pasados, decirle que está dispuesta a lo que sea, pero que necesita su abrazo, su mano en su mano, su boca en su boca.

Mientras en las calles estallan las bombas y se derriban torres de luz, se olvida del mundo, se vuelca al interior de su incertidumbre, y encuentra en ella una rara profundidad de la cual no quiere salir.

Solitario en su delirio

Afuera todo pesa, la atmósfera, los micro-buses y sus chirridos, el calor asfixiante que produce el gran techo acerado de nubes. Morgana se da vueltas en su departamento, inquieta. Diego salió hoy de viaje con el presidente y no llegará hasta pasado mañana.

El fin de semana irán por primera vez juntos a una cena en casa de un senador. Fue Sophie quien insistió en que ella debía acompañarlos, y de forma inexplicable, Diego accedió. Aun cuando ansía participar de la vida de Diego, no es la perspectiva de este acontecimiento lo que la perturba.

Esta madrugada, él le pidió una vez más que conjurara a uno de sus novios. Un chico vasco que conoció en su pueblo y que a temprana edad ingresó a ETA. Manejaba un jeep, y por las tardes la conducía a las playas más lejanas. Ocultos tras los hierbajos hacían el amor. Él había establecido un ritmo, una secuencia de gestos y gemidos que seguía de forma minuciosa. Al principio, Morgana se resistió. Olvidaba qué antecedía y qué precedía qué. Se confundía, perdía el ímpetu cuando él le exigía recomenzar porque había errado el orden establecido. Pero al cabo de un tiempo descubrió que entregándose una y otra vez a un mismo pa-trón alcanzaba sensaciones más intensas y hondas, tal vez porque la cabeza, eximida de la responsabi-lidad de resolver, se hacía por fin a un lado. Diego le ha pedido que le cuente esta historia en reiteradas ocasiones. La escucha con esa atención incondicional que suele reservar para los asuntos de importancia extrema, mientras el humo de uno de sus cigarrillos negros remonta en círculos hacia el techo. Pero anoche fue diferente. Le pidió que ella lo nombrara mientras hacían el amor. Tuvo la impresión de que la sombra de aquel chico se había introducido en su cama, y que lo que él le pedía era que se entregara a ambos simultáneamente. Por momentos sintió incluso que Diego lo encarnaba, luego volvía a ser él mismo, iba y venía, eran tres, eran dos, era tan solo Diego, solitario en su delirio. Vinieron los espasmos, los gritos, y luego el silencio. Nunca antes había visto en él esa excitación, ese perderse a sí mismo en ella, en la imagen del chico haciéndole el amor.

En la mañana, una extraña energía lo embargaba. Se levantó antes de que sonara el despertador y frente a la ventana hizo decenas de flexiones. Después, suponiéndola dormida, se masturbó frente a ella. Al acabar dio vueltas por el cuarto largo rato, como si alguien lo hubiera dejado allí cautivo, pero al mismo tiempo una atadura interna le impidiera partir. Una vez más volvió a intuir en Diego ese lugar donde nervioso se revuelca el vacío. Una inquietud, una insatisfacción, una apetencia que ella nunca podrá saciar. Y sintió miedo.

Él no estará

Morgana fuma un cigarrillo frente a la ventana abierta sin decidirse a entrar en su cama. Sabe que le será imposible conciliar el sueño. De regreso de la cena del senador, Diego no cruzó con ella una palabra. Al llegar a su piso, él se bajó del ascensor con paso rápido, sin despedirse. Tuvo la impresión de que una fuerza lo acuciaba a huir de ella. Vuelve a inundarla el miedo que sintió en el automóvil. Es incapaz de recordar una vida donde él no existía ni imaginar una donde él no estará. Le da una honda calada a su cigarrillo y empuja el humo hacia afuera. El aire de la noche cambia a cada instante, como si alguien se encargara de soplar de uno y otro lado de las montañas.

Se recuesta sobre la cama e intenta recordar los rasgos del chico español que la besó en casa del senador, pero lo que aparece es una imagen borrosa, como la de un espectro. En su lugar, los momentos pasados junto a Diego se asoman a sus ojos, como despidiéndose. Sabe que algo profundo se ha quebrado entre ellos.

Escucha el timbre de su puerta y se sobresalta. Asustada, pregunta quién es. Le impresiona escuchar la voz de Diego. Él tiene su propia llave para entrar al departamento. Trae puesto el mismo terno que llevaba hace unas horas en casa del senador, pero ahora está arrugado. En su cuello traslúcido se distinguen las venas y sus párpados parecieran hacer un gran esfuerzo por mantenerse en guardia. Su rostro se le antoja de pronto un cuarto oscuro que detesta la luz.

—¿Ya dormías? —le pregunta él.

—Tú deberías hacer lo mismo.

—Mañana es sábado. Ven —le dice.

Su expresión resuelta la atemoriza.

—¿Qué quieres, Diego? Tengo sueño.

Diego toma su mano con una voluntad que no acepta réplicas y se encamina hacia la caja de escaleras sin soltarla. Una vez allí, presionándola contra la pared, la besa. Morgana se siente mareada. Los escalones de cemento se extienden fríamente hacia abajo y hacia arriba. Bajo la luz cruda y lustrosa, Morgana puede ver los ojos febriles de Diego, pero a la vez distantes, como si estuvieran posados en una extraña. Siente la aspereza de su barba incipiente, la temeridad de su lengua en su boca. Recuerda que unas horas antes, Sophie tarareaba una canción en el ascensor. Recuerda su optimismo, el de los tres, y le parece que desde entonces ha transcurrido una vida.

—Diego, mírame. ¿Por qué haces esto? —le pregunta cuando él la suelta para sacarle la camisa de dormir de un tirón—. ¿Por qué? —vuelve a preguntarle en una voz ahogada. Pero sabe que no puede resistirse, el poderío de Diego es absoluto.

Hay una profunda soledad en cada uno de los gestos de ambos. Tienen las manos empuñadas, los músculos tensos de deseo y miedo. La superficie de la pared la lastima, también las embestidas de él, que una tras otra buscan romperla. Imagina las pupilas de Diego que vagan dentro de sus ojos como dos náufragos. Acaban, ahogando sus gemidos dentro de sus cuerpos para que no alcancen al otro. Permanecen uno instantes quietos, sus espaldas contra la pared.

—Toma, para que puedas entrar de vuelta a tu departamento —le dice Diego de pronto sin mirarla. Le entrega la llave y luego baja las escaleras hasta desaparecer de su vista.

Mientras camina por el corredor, Morgana siente un frío metálico. Entra a su departamento en el instante en que las lágrimas comienzan a resbalar por sus mejillas hasta alcanzar su mentón y su cuello. Tiene las piernas adoloridas, también el interior de su vientre. A lo lejos, las sirenas han empezado a ulular.

Una ráfaga de aire frío

Es una mañana templada de febrero. En la avenida, los microbuses avanzan a paso lento, cargados de personas rumbo a su trabajo. Morgana ha salido con algunos minutos de retraso y cuando se encuentra con Diego en las puertas de su edificio se siente confundida. Es evidente que él lleva un rato esperándola. Desde el episodio de la escalera, que él la evita. Morgana se ha quedado hasta altas horas de la noche en casa de Sophie aguardando su llegada, ha intentado incluso toparse con él por la mañana, como lo hizo cuando recién comenzaban a conocerse, pero él se las ha ingeniado para no coincidir con ella. Sin embargo, ahora que lo tiene al frente, recortado contra un conjunto de edificios de poca altura, ya no está segura de si lo que siente es tristeza o rabia. Añora su cercanía, pero a la vez experimenta por él repulsión y desprecio. Ese hombre que la ha esquivado cobardemente no es el Diego de quien se enamoró, no es el hombre que cada mañana, venciendo todos los obstáculos, se arrimaba a ella y le hacía el amor.

—Hola —lo escucha decir. Bajo la chaqueta lleva una camisa gris que extiende su opacidad sobre su rostro. Tiene los ojos y las comisuras de los labios caídos y una expresión grave y lejana que llega a ella como una ráfaga de aire frío.

—Hay algo que quiero decirte —señala en un tono serio. Tras su distancia, Morgana percibe su agitación.

Ella, con un gesto nervioso, se recoge el pelo en un nudo bajo la nuca. El asfalto de la calle reluce en el aire de la mañana.

¿Dónde está esa energía casi corpórea que manaba del uno al otro, ese puente invisible que los unía? El recuerdo de su abrazo, de su avidez por poseerla de hace tan solo un par de semanas, la hiere. O ella ha estado ciega o Diego es un impostor.

—Te debo una explicación —dice él.

Le declara con calma, sin ahorrar palabras, que llegó a un punto en el cual no se reconoce a sí mismo. Ha ido demasiado lejos. No solo ha violado la confianza de Sophie en él, sino la de ella también. La situación se le ha escapado de las manos, ha actuado en una forma que jamás antes se hubiera permitido, que además transgrede la línea de la decencia y honorabilidad, como ese último encuentro en que la trató con rudeza, con violencia incluso. Le pide perdón. Le dice que su incapacidad para establecer límites ante ella lo pone en una posición insosteniblemente vulnerable, y que por todo esto es mejor que no se sigan viendo. Y mientras habla, mientras pronuncia cada una de sus palabras, Morgana ve que sus ojos la miran entornados, como se contempla el rastro de algo precioso que se ha perdido.

Adónde ha de llegar

Tarde por la noche, Sophie la llama presa de uno de sus insomnios. Ambas saben que estos se han agudizado por la proximidad de su exhibición. Aun cuando Carmen Waugh tiene altas expectativas, Sophie siente temor de exponer su trabajo ante el mundo que, está segura, aguarda para abalanzarse sobre ella. En lugar de bajar, por primera vez Morgana le pide a su amiga que suba a su departamento.

Esta noche, Morgana también necesita a Sophie. Se da vueltas a uno y otro lado de la cama aguardando que el sueño apacigüe su inquietud. Por la tarde la llamó su padre. Cinco jóvenes con los rostros cubiertos interceptaron a su madre a la salida de la peluquería y la siguieron a casa mientras le gritaban que era una franquista asesina. Presos del miedo, sus padres han decidido partir. Quiso decirle que sus amigos más queridos eran víctimas de agresiones mucho más serias. ¿Pero cómo hablarle de Diego sin dejar al descubierto sus sentimientos?

Tiene la impresión de no haber llorado nunca como en el último tiempo. Quizás también llora por otras cosas, por tristezas enterradas. Sin embargo, sobre la rabia y la aflicción ha comenzado a asentarse un sentimiento de inevitabilidad. Tal vez Diego tenía razón, y lo de ellos era un lazo imposible.

Desde aquella mañana en las puertas de su edificio que no ha vuelto a estar a solas con él. De eso hace casi tres semanas. En las escasas ocasiones que se han encontrado se saludaron brevemente, pero aun cuando quisiera poder escrutar sus ojos y descubrir lo que ocultan, le es difícil mirarlo de frente. A veces, sin tocarlo ni mirarlo, vuelve a percibir sus oleadas de deseo. Pero Diego se mantiene firme en su decisión y ella no hace nada por revertirla.

—Ven, entra rápido —le dice a Sophie cuando la ve apoyada en el dintel. En el pasillo, alguien abre una puerta y la vuelve a cerrar. Morgana abraza la cintura de su amiga y se encaminan juntas al cuarto.

—¿Tú tampoco dormías? —le pregunta Sophie.

Morgana niega con la cabeza.

En la cama, el calor del cuerpo de Sophie la sosiega. La escucha respirar. Mantienen encendida la luz del cuarto. Los temores de Sophie se han acrecentado. Ahora le teme a la oscuridad.

Desde pequeña, Morgana supo que la felicidad, a pesar de su apariencia abierta, es un estado excluyente. No hay forma de franquear los muros que esta construye a su alrededor. En cambio, la infelicidad es una membrana frágil que aguarda ser impregnada por otro. Fue su aire de desventura lo que le atrajo de Sophie.

—Mis padres han decidido volver a España. Según ellos, ya no pueden seguir viviendo en este país —declara. Su voz queda resonando en el silencio sofocado de la noche. Sophie se da vuelta e intenta mirarla—. Son unos cobardes —añade.

—No los juzgues tan duramente, mignonne.

—Es la verdad.

Lo cierto es que mientras rebatía los argumentos de su padre para convencerla de que debía seguirlos, una parte de sí misma añoró partir con ellos. Añoró cobijarse en sus brazos, ser arrullada por él, como de pequeña. Recordaron juntos que él le había hecho aprender de memoria los poemas de Gil de Biedma. Manuel siempre se preocupó de que Morgana no olvidara la guerra. «¿Se volverá la historia de este país del fin del mundo aún más triste que la de España?», se pregunta. Sí, podría partir lejos de Diego, lejos de la rabia y la aflicción. ¿No es esta acaso una oportunidad de enterrarlo para siempre? La idea crece y la ilumina.

La respiración de Sophie se vuelve acompasada. Mira su orquídea que se dibuja contra el muro. Las flores oscilan levemente. Pareciera que se acomodaran para hablar entre ellas. Algunas han empezado a perder los pétalos que caen silenciosos sobre la cubierta de la mesa. Pronto se habrán caído todos. La flor casi desnuda le recuerda su miedo a desaparecer, ese miedo que la ha perseguido desde niña y del cual se defendió evitando cualquier forma de verdadera amistad y compromiso. De repente, la efímera alegría que sintió por un momento ante la idea de partir se desvanece. Tiene que quedarse si no quiere terminar desapareciendo por completo. Ahora lo entiende. No es el amor de Diego el que la salvaguardará de la pérdida, sino la fuerza de su determinación. Levanta los ojos. Una pequeña estrella brilla entre los edificios vecinos.

—A dormir, mi niña —dice en un susurro, mientras envuelve a Sophie con ambos brazos y oye la melodía de una ranchera en un departamento vecino. A lo lejos escucha las sirenas, el rugido del río, las cacerolas insomnes con su tum tum de guerra, los ladridos de los perros y los mo-

tores cansados de los automóviles que hienden la
noche. La ciudad no cesa nunca de moverse, camina hacia un futuro incierto, tal vez hacia el
mundo feliz de Diego, nadie puede saberlo, pero
lo que sí sabe es que ella se quedará ahí para acompañarla adonde ha de llegar.

¿Qué vamos a hacer?

La luz de la madrugada se ha asentado apenas en el cielo cuando suena el teléfono. Morgana se levanta sobresaltada y con los ojos a medio abrir se precipita a atenderlo. En la sala se da en las canillas con una banqueta.

—Morgana, ¿estás ahí? —escucha a Sophie al otro lado del auricular.

—¿Otra vez no has podido dormir? —le pregunta al tiempo que se refriega los ojos y estira un brazo para desperezarse. En las ventanas tiembla el rocío de la noche.

Sophie niega con un hilo de voz.

—¿Pasa algo? —pregunta Morgana, ansiosa.

—Es Diego.

—Vamos, Sophie, dime ya, me vas a matar de nervios.

—Lo atacaron.

—¿Pero dónde está, qué pasó?

—Lo atacaron anoche cuando salía de una reunión en casa de un *compañero*. Lo molieron a palos dentro de una camioneta y luego lo botaron frente a la casa —Sophie se detiene. Morgana la escucha llorar.

—¿Cómo está? Anda, dime —le implora.

—Lo encontraron gimiendo y casi inconsciente esta madrugada a un costado del garaje. Es horrible.

—Pero dime cómo está.

—Acaba de entrar a la sala de operaciones. Estamos en la clínica Santa María.

—¿Estás sola?

—Paula está conmigo.

—Voy para allá.

Paula y Sophie esperan a Diego en su habitación de la clínica. Un crucifijo de madera pende sobre la cama vacía. Paula está sentada en una butaca, lleva una peluca corta y oscura, que resalta sus rasgos fuertes y le da un aire de existencialista francesa. Sophie se da vueltas en silencio, mirando el suelo. Al verla se precipita a sus brazos. Morgana la estrecha. Respiran fuerte, conteniendo las lágrimas.

—Ya sabemos que no tiene ningún órgano vital comprometido —escucha decir a Paula.

—Hola —la saluda Morgana sin soltar a Sophie—. ¿Saben algo más?

—No mucho más, nos han dicho que tenemos que esperar.

A medida que pasan las horas, en el pasillo la actividad se hace más intensa. Se asienta el día. Paula va a buscar café que toman en silencio. Por la ventana de la habitación no se distingue la luz que hace brillar las cosas. Los árboles del patio ya están desnudos. Morgana siente frío. Mirado desde allí, el otoño pareciera haberse precipitado. Paula sale en busca de noticias.

—¿Qué vamos a hacer? —murmura Sophie.

El desamparo de su pregunta la desarma, a la vez que le recuerda que algún día, Diego, Sophie y ella fueron un trío indisoluble.

—Va a estar bien, mignonne. Y tú, en tanto, te quedarás conmigo. No nos vamos a despegar ni un minuto —declara, acariciando su cabello bajo la mirada atenta del Jesús crucificado.

Paula retorna sin novedades. Nadie ha podido decirle qué ocurre dentro de la sala de operaciones. Un doctor joven abre la puerta y las tres mujeres se levantan de un salto.

—Disculpen, parece que me equivoqué de habitación.

De vuelta al silencio y a la espera. La luz en el cuarto es blanca, inclemente con los signos de cansancio que se van asentando en sus rostros. Las campanadas de una iglesia cercana marcan las horas. Morgana, de tanto en tanto, abraza a Sophie, y le dice que todo estará bien, pero el cuerpo de Sophie está rígido y sus ojos permanecen enterrados en un punto indefinido del suelo.

Al mediodía, una enfermera trae un ramo de flores. Morgana improvisa un florero con una jarra de agua que encuentra en el baño. Paula trae emparedados que apenas prueban. Llegan noticias de Diego. Han tenido que operarle una rodilla. Tarda más de lo acostumbrado en volver de la anestesia. Sophie recuerda a alguien que nunca retornó y ambas con Paula la disuaden de pensar fatalidades.

Por la tarde se abre la puerta y un par de enfermeros entra con una camilla. Diego tiene los ojos cerrados. Al verlo, Sophie se cubre la cara con las manos. Un grueso vendaje rodea su cabeza. Tiene un parche en la mejilla izquierda y el rostro desfigurado por hematomas y contusiones. Uno de sus brazos está sujeto por una venda, el otro, largo y delgado como una rama de abedul, descansa sobre la colcha blanca.

Sophie se aproxima a Diego y besa su frente.

Diego abre los ojos y emite un gemido apenas audible. Paula se acerca para escucharlo.

Morgana quisiera abrazarlo, pero en lugar de eso toma su mano. Percibe cómo sus dedos tiemblan al estrecharla. El ramo de flores despide un aroma demasiado intenso. Diego vuelve a cerrar los ojos y la mínima fuerza con que ha cogido sus dedos se distiende.

—Va a volver con nosotras, ¿verdad? —pregunta Sophie y su voz se quiebra.

—Está cansado, Sophie. En unos días se sentirá más fuerte, ya verás —la tranquiliza Paula, sosegada, erguida como las flores en el jarrón improvisado—. Ahora que Diego ya está aquí las voy a dejar un rato —agrega al cabo de unos minutos—. Estaré de vuelta en un par de horas. Cualquier cosa, tú tienes el número de teléfono de mi oficina, Sophie.

Cuando Paula cierra la puerta, Diego abre los ojos levemente y los vuelve a cerrar. Un silencio lúgubre cae sobre ellos.

—¿Qué vamos a hacer? —vuelve a preguntar Sophie. Y sus palabras quedan en el aire como partículas de plomo.

Tú, al esternón

Mientras la ayuda a sostenerse frente al escusado y un líquido amarillento emerge con brutalidad de su garganta, mientras Morgana se comprime y cierra los ojos en una mueca de dolor, Sophie le pregunta si está embarazada. Han debido correr al fondo de la sala de exposiciones, entre las jaulas y las cintas de poemas colgantes, para llegar hasta el baño.

Las piernas de Morgana ceden y Sophie la ayuda a ponerse de rodillas en el suelo frío de baldosas, frente al escusado. Una apertura en el techo forma un pequeño rectángulo de luz. Con un nuevo espasmo, un hilo ocre escurre de su boca hasta su cuello, despidiendo un olor ácido. El dibujo de un rostro alongado y febril las mira desde su marco.

—No. No estoy embarazada —se apresura a negar Morgana y se pasa el dorso de la mano por la boca.

Las lágrimas caen por sus mejillas, alcanzan las comisuras de sus labios y se mezclan con la materia que su gesto no ha logrado apartar.

—¿Quieres que vayamos a casa, mignonne? La inauguración me importa un bledo, en serio, le decimos a Carmen que no podemos quedarnos y punto.

—Estás loca. Déjame un momento, seguro que me pongo bien —Morgana se reincorpora, cierra la tapa del escusado y se sienta sobre ella—. ¿Ves? Ya estoy mejor.

—Tienes una cara que te cagas. Pareces un espectro. Un fantasma.

—Le fantasme de la liberté —intenta reír Morgana.

Sophie está convencida de que Morgana miente. La última vez que durmieron juntas notó sus pechos hinchados y sus pezones oscurecidos. Además, tiene la experiencia de su madre. Ese embarazo que ella nunca quiso confesarle, pero que Sophie, a sus trece años, reconoció de inmediato. Los mareos y los vómitos, los ojos empeñados en ocultar las lágrimas. Una mañana, su madre la dejó en el departamento de una amiga y volvió dos días después, más demacrada aún, a recogerla. Los vómitos y los vahídos desaparecieron. También algo se esfumó en su madre, quizás las últimas expectativas de un amor a ultranza. Ahora vive junto al padre de ese niño que no nació, en una relación que Sophie no entiende, llena de ritos inútiles a los cuales su madre se aferra como si se le fuera la vida en ello.

Un nuevo espasmo sacude a Morgana. Sentada sobre la tapa del escusado se comprime, pero ya nada emerge de su boca.

—Estoy vacía —dice.

—No lo estás —afirma Sophie, y tomando su barbilla la obliga a mirarla de frente—. No lo estás, mignonne.

—¿Y qué sabes tú? —El gesto de Sophie de cogerla por el mentón y mirarla dentro de sus ojos la ha tomado por sorpresa.

—Dime la verdad, Morgana, por favor. Quiero saber. Si me equivoco, mejor. Pero me tienes que decir, ¿somos amigas o no? —insiste Sophie con determinación.

—Sí. Es verdad.

—¿Cuántos meses?

—Tres —permanece sentada, con la cabeza gacha, los ojos fijos en el cuadriculado del piso y los residuos de alimentos despedazados que no alcanzaron a llegar a su destino.

—¿Quieres que te haga las preguntas de rigor?

—Quién es el padre y qué voy a hacer. Pues no sé y no sé —se frota los ojos vigorosamente.

—Diego nos puede ayudar, ma petite mignonne —balbucea Sophie.

Morgana se reincorpora con violencia. Fuera del cono de luz se lava las manos y la cara.

—Te prohíbo que le digas a Diego. A él esto no le incumbe. ¿Oíste? —le clava una mirada severa a través del espejo—. Ahora anda, yo te alcanzo —respira con fuerza y trata de sonreír; aun así, su expresión es implacable—. Prométeme que no le dirás nada —Sophie hace un gesto de asentimiento—. Estás muy linda. Anda, que ya deben haber llegado los primeros invitados.

El torso siempre erguido de Morgana parece doblegado. Sophie no quiere dejarla, pero sabe que no es capaz de contradecir la voluntad férrea de su amiga.

Al entrar en la sala se encuentra con decenas de rostros que no conoce. Debió permanecer más tiempo de lo que creía dentro del baño. Pero también siente alivio. Carmen Waugh temía que la asistencia a la inauguración fuera exigua. Esa misma tarde, en el centro de la ciudad, una marcha de trabajadores cercó las vías principales de acceso. Diego charla con una pareja de jóvenes, Paula está con él. Aún lleva muletas y en su rostro no han desaparecido los hematomas ni la cicatriz del corte en su mejilla. Intenta acercárseles, pero en el camino Carmen Waugh la detiene. La insta a saludar a mengano y luego a zutano, a los críticos, a la señora A y a la señora B, al mecenas que vive recluido en un cerro y que ha abandonado su aislamiento tan solo para conocerla, al fotógrafo de las barriadas con una barba de tres días que la mira con expresión insinuante; también conoce a R, una artista entrada en años que dice haber comenzado recogiendo materiales de desecho, como ella. Al ver su semblante mustio, por donde se asoma la envidia, Sophie piensa que mejor hubiera empezado por otra parte, porque como R no quiere terminar. Entonces la arremete otra vez el miedo. Las voces se imponen sobre las voces, y dentro de su cuerpo el silencio sobre el silencio. Observa la jaula de Altazor y lee su larga banderola de seda que se agita con la corriente humana. Para sus adentros dice: «¿Qué son tus náuseas de infinito y tu ambición de eternidad?». Su mirada se detiene en una ventana por donde entran las luces de la calle, un orificio por el cual ansía alejarse volando. «Cae en infancia, cae en vejez, cae en lágrimas, cae en risas». Las palabras que le ha regalado Morgana se entremezclan con las que escucha en la sala, se asoman a su silencio, bocas variopintas que intentan engullirla. Quiere volver al baño junto a su amiga. Imagina el grupo de células que se ponen de acuerdo dentro de Morgana para volverse humanas, las mitosis, las meiosis; tú te vas al hígado; tú, al esternón; tú, al iris; tú, a la espina dorsal. Nunca debió dejar que sus jaulas colgaran entre bandejas de canapés. Nunca debió exponerlas a esos ojos que pasan rasantes por los mil detalles de los mundos que encierran, esos ojos que miran sin mirar los entramados y los materiales que buscó con ahínco, hasta encontrar un sitio único e irreemplazable para ellos en las estructuras de las jaulas y en su corazón.

Diego se aproxima a ella y al grupo que la circunda. Sophie piensa que tal vez sin darse cuenta ha hablado todo este tiempo, porque las lenguas, las orejas y los ojos siguen a su lado, observándola, conversándole, preguntándose acaso de dónde apareció esta artista tan joven de quien nadie había oído antes, y que de un brinco ha llegado a exponer en la galería más prestigiosa de Santiago.

—Y Morgana, ¿dónde se ha metido? —pregunta Diego.

—Está en el baño. Le dolía un poco el estómago, parece que comió algo que le cayó mal. Pero seguro aparece en cualquier momento, ya está mucho mejor.

Le da lástima tener que mentirle a su padre y que Morgana no confíe en él. Últimamente ha notado distancia entre ellos dos; una distancia que está segura es pasajera y circunstancial. De pronto divisa a Camilo, quien, ajeno a la concurrencia y con un morral al hombro, observa absorto una de sus jaulas. Se aleja unos tres o cuatro pasos y luego se detiene para volver a contemplar la obra. Se diría que intenta desentrañar el misterio de un acertijo. Sophie piensa que Camilo es el único que mira sus jaulas.

—Permiso —se disculpa y se abre paso hasta a él. Lo sorprende por la espalda y Camilo da un brinco.

—Qué bueno que viniste.

—No me iba a perder un evento tan importante —replica él con su acostumbrada tartamudez. La besa en la mejilla y con un gesto nervioso se acomoda el morral.

—¿Te gustan? —le pregunta Sophie.

—Son muy buenas, Sophie. ¿Conoces a Caldas? —y sin esperar a que ella le responda continúa con un aire doctoral—: Él dice que aspira a producir un arte con máxima presencia y a la vez máxima ausencia. Eso es lo que me producen tus jaulas. Es extraño, están llenas de materiales y texturas, pero a la vez destilan soledad —concluye sin tartamudear ni una sola vez.

—¿Y de dónde sacaste todo eso?

Camilo lanza una risita enigmática y luego, con expresión satisfecha, replica:

—Ah, ¿y tú crees que eres la única que sabe?

—¡Sophie! —la llama Carmen Waugh. Está junto a un hombre cuyos ojos la miran a través de una selva de cabellera y barba.

—Nos vemos pronto, ¿ya? —dice Sophie.

—Definitivamente —replica Camilo con su convicción recién adquirida. Cuando Sophie vuelve la vista atrás, lo ve de pie, mirándola, y reconoce en él su misma naturaleza.

Orfandad

Antes del retorno de sus padres a España, Morgana ha querido pasar la última noche con ellos, y en un gesto tardío presentarles a Sophie. Ella es la única persona que conoce su secreto.

Después de la cena toman el café en la sala. La mayor parte de los muebles ya ha partido y sus voces resuenan en los espacios vacíos. Pero por más esfuerzos que hace, desde que tuvo la certidumbre de su embarazo no logra fijar la atención. Todo se le antoja lejano. Si intenta pensar, decidir qué hacer, imaginar el futuro, la cabeza se fuga y se confunde, su corazón comienza a palpitar y la respiración a agitarse. A veces su conciencia se queda atrapada contemplando ese misterio dulce y a la vez aterrador que se gesta en sus entrañas.

No puede dejar en evidencia sus tribulaciones frente a sus padres, por eso hace un gran esfuerzo y les cuenta que Sophie acaba de inaugurar su primera exposición y que ha recibido el aplauso rotundo de la crítica. La idea de comunicarles su estado le resulta tan extraña como si alguien le propusiera llevarla a la Luna. Es lo que quisiera a veces. Salirse de sí misma. Desprenderse de su cuerpo como de una carcasa y huir.

Mientras habla, Morgana observa a sus padres con detención. Busca una última imagen. El retrato que guardará de cada uno. A pesar de que no es un adiós definitivo, hay urgencia en la forma que adquieren los silencios, como si en cualquier

minuto fueran a estallar y soltar una materia desconocida que marcará esos instantes de manera
indeleble.

Los sonidos del jardín entran despacio. Parecieran venir desde lejos a depositarse entre ellos.
Su madre, con la vista perdida, sostiene la taza de
café. Se detiene en su mirada entornada, en su
pulcritud provinciana. Debe controlar sus pensamientos, pues los ojos se le inundan de lágrimas.
Pero no es la partida de sus padres la que duele,
sino el sentimiento de orfandad. Ha decidido quedarse y sabe que en esto está sola. Paradójicamen-
te, Diego —la única persona que podría ayudarla— es el último con quien puede compartir su
confusión y pesadumbre.

Mira a su padre. Ningún sentimiento preciso atraviesa su expresión. Tiene las manos apo-
yadas en los brazos de la butaca, unas manos plá-
cidas, hendidas por arrugas de pergamino. Lo
delatan, no obstante, sus rodillas que de tanto en
tanto comienzan a golpearse una contra la otra.
Desde el jardín les llega el canto de un pájaro.

—Es un zorzal. Yo lo conozco. Se instala
todas las tardes en la terraza —observa su madre
con aire nostálgico.

—Mamá, vamos, no me digas que vas a
echar en falta a un zorzal.

—Y además de ti, ¿qué podría yo echar de
menos de este país? ¿Su gobierno comunista?
Cualquier día los camioneros se declaran otra vez
en huelga y el país se queda sin nada para comer.

Sophie tiene la vista fija en una cucharilla de
café sobre la bandeja. Con una expresión confundida levanta los ojos hacia ella. Morgana sabe que
busca un objeto brillante donde guarecerse. Con la

mirada la guía hacia un rincón donde una solitaria jarra de cobre despide sus frágiles destellos.

—Mamá, son los camioneros, no el gobierno, quienes paralizaron el país. ¿Acaso no puedes verlo? —dice Morgana, y cuando termina de hablar se da cuenta de que su voz ha alcanzado un tono demasiado alto.

—Hablas de este país como si fuera tuyo —dice Elena. Su expresión, de golpe, se ha tornado sombría. Levanta el mentón y mira hacia la ventana.

—Está empezando a serlo —declara Morgana con firmeza.

—Morgana, ¿te importa acompañarme un minuto? —las interrumpe su padre en un tono que se impone sobre sus voces, al tiempo que se levanta de la butaca con el largo cuerpo inclinado y camina hacia el pasillo sin aguardar su respuesta.

Los ojos de Sophie permanecen fijos en el jarrón de cobre.

—Sophie, pídele a mamá que te muestre sus rosas.

—Tranquila, tu madre y yo tenemos muchas cosas de que hablar —dice Sophie con voz segura, aunque Morgana distingue las minúsculas manchas rojas que han aparecido en su cuello.

Su padre la espera sentado en una única silla de madera en su escritorio que, aun desierto, guarda su impronta. Tiene la espalda inclinada y la frente en alto. En sus rodillas hay un libro de tapas desvencijadas y sobre él descansan sus manos, una sobre la otra. Morgana recuerda sus grabados, el cuadro de Nicolas de Staël, su mesa de caoba y los cientos de libros que cubrían sus muros. Posesiones que lo han acompañado desde que ella tiene uso de razón y que hablan de un estilo de vida confortable, de una férrea moralidad unida al anhelo de adquirir relevancia por medio del conocimiento y la contemplación de lo bello. El canto del zorzal se ha extinguido. Iluminados por los focos del jardín, los colores del otoño se asoman en la ventana.

—Me hubiera gustado que hoy, el último día, no discutieran.

—A mí también, pero parece que es inevitable. De verdad lo siento, papá.

—Pero no es por eso que te traje aquí. Mira, me gustaría que te quedaras con esto —dice Manuel, entregándole el ejemplar de *Llanto por Ignacio Sánchez Mejías* que él le leía de niña—. Me lo llevas cuando estés de regreso en la isla. Así me aseguro de que vuelvas.

Morgana estrecha a su padre. Sabe que ese libro es su objeto más preciado. Mientras atesora el calor de su abrazo siente la necesidad de revelarle su secreto. Su corazón late con fuerza. No puede continuar en esto sola. Está a punto de contarle cuando escucha la voz de su madre al otro lado de la puerta:

—Manuel, tienes una llamada del embajador.

Su padre se levanta y la besa en la frente. Sosteniendo el libro entre las manos, Morgana musita:

—Lo cuidaré como tú lo has cuidado. Ya verás, pronto estaremos leyéndolo juntos otra vez.

Y mientras dice esto, y lo ve atravesar el marco de la puerta, la tristeza oscurece súbitamente su alma.

Fulgores de agua

Es una de esas mañanas transparentes en que las alturas de la cordillera se ven frías y los faldeos parecieran haberse acercado hasta hacer visibles las líneas verticales de los árboles. Morgana escucha el timbre, se levanta y con ademanes nerviosos enciende un cigarrillo. Desde la agresión contra Diego el miedo la asalta con frecuencia. Se aproxima al acceso sigilosa y pregunta quién es.

—Soy yo —escucha la voz de Diego—. ¿Me puedes abrir?

El corazón le da un vuelco. ¿Qué quiere? ¿Por qué después de evitarla durante tres meses ahora está en su puerta?

Una vez adentro ambos permanecen de pie, como dos extraños que aguardan la llegada de alguien encargado de presentarlos. Diego observa a su alrededor. Ya no lleva el yeso, pero aún cojea y las magulladuras en su rostro no terminan de sanar. Nunca antes los pliegues bajo sus ojos le habían parecido tan profundos. Morgana le da una calada a su cigarrillo y se envuelve a sí misma con las manos.

—Perdóname —dice él.

Sus palabras le resultan tan inusitadas que no logra sentir emoción. ¿Cuántas veces soñó que Diego se deslizaba una vez más entre sus sábanas y le decía esto al oído?

—Perdóname, Morgana —vuelve a decir.

Su expresión es la de un guerrero derrotado que intenta rescatar un último resquicio de dignidad. Morgana vuelve el rostro y se lleva la mano al cuello, buscando su centro.

—¿Podemos tomar un café? —pregunta él.

En la cocina, después de poner la cafetera a calentar, se siente mareada. Se apoya contra el mueble mientras escucha los pasos nerviosos de Diego ir y venir en la sala.

—¿Estás bien? —le pregunta él desde allí. Le impresiona que su capacidad de intuir sus emociones aún no se haya extinguido.

Toman el café en la mesa del comedor, sentados uno frente al otro.

—Morgana —dice de pronto Diego, posando con suavidad una mano sobre la suya—. Nunca quise hacerte daño.

—¿Eso es todo? —le pregunta ella.

—No. No es todo —declara él con su mirada amarilla fija en ella—. Nunca debí permitir que las cosas llegaran tan lejos. Esa noche en casa del senador lo hiciste por mí, lo sé, y te vuelvo a pedir perdón. Nunca debí dejarte ir, nunca debí dejarte sola.

Morgana hace un gesto con la cabeza intentando apartar los pensamientos tristes que la embargan. Tiene el impulso de tocar su vientre, pero alcanza a contenerlo. Se hace un silencio impreciso, en el que se escucha el débil quejido del ascensor.

—¿No quieres hablarme de algo que tal vez nos incumba a ambos? —rompe el silencio Diego.

—¿Sabes alguna cosa que yo no sé?

—Sé algo que tú también sabes.

—Dímelo —se aventura Morgana.

—Hay alguien ahí —declara él y toca su vientre con la punta de sus dedos.

—Tú estás loco.

—Me lo dijo Sophie.

—Y si fuera verdad, ¿qué? —mientras habla, Morgana se recoge el cabello con manos trémulas y hace con él un nudo que rápidamente se deshace.

—Si tú quisieras tener ese hijo me harías muy feliz —señala.

—No lo dices en serio —declara Morgana con lentitud, mordiendo las palabras.

—Lo digo muy en serio —su voz firme se quiebra. Extiende la mano y recorre con suavidad el perfil de Morgana, acaricia sus labios, y de pronto se detiene, cruza las manos y apoya la barbilla sobre ellas sin dejar de mirarla—. Yo te quiero, Morgana.

Ella fija sus ojos en los suyos, busca con desesperación encontrar lo que esconden. Desde el instante en que Sophie le reveló su secreto, Diego ha tenido tiempo para pensar, para sopesar la situación y medir sus consecuencias con calma. Pero es inútil. Ella nunca podrá saber cuál fue su primera reacción. Nunca podrá conocer el hilo de sus sentimientos, de las reflexiones que lo llevaron al lugar donde ahora se encuentra. Él permanece en silencio, sus ojos clavados en ella, escrutándola.

De pronto vuelve a sentir la rabia que la ha perseguido a lo largo de estas semanas. Toma un cigarrillo, enciende un fósforo y se quema los dedos. Agita la mano varias veces, como si abriera un abanico.

—¿Estás bien?

—No es nada —replica Morgana. Fuma dos bocanadas con rapidez—. ¿Tú crees que puedes llegar aquí, decirme que me quieres y hacer borrón y cuenta nueva?

—Sé que lo que te estoy pidiendo no es fácil.

—¿Cómo esperas que vuelva a confiar en ti, Diego?

—Respóndeme esta pregunta al menos: ¿sentiste alguna vez mi amor?

—No sé —dice ella y esquiva su mirada. Con los ojos fijos en la pared termina su cigarrillo.

—Por favor, piénsalo bien.

—Sí. Lo sentí —dice, y entierra la colilla en el cenicero sin levantar la vista.

—Es ese amor, Morgana, pero que ahora es rotundo, absoluto. Yo te quiero a ti, yo quiero hacer mi vida contigo y ese niño.

Morgana, con la vista clavada en el piso, permanece en silencio. Recuerda que cuando él llegaba a su cama, ella enredaba sus pies en los suyos, tomaba una de sus manos y entrelazaba sus dedos con los de él a la altura de su pecho. Lo oía respirar hasta que su ritmo se hacía más pausado, recién entonces volvía a dormirse.

—¿Pero por qué cambiaste de opinión, por qué ahora crees en nosotros?

Todo este tiempo pensó que si Diego se enteraba de su embarazo se alejaría aún más de ella.

—Ya te dije, yo te quiero, Morgana —señala con su mirada amarilla fija en ella—. Hablaré con Sophie. Le contaré todo.

—No te creo, eso es imposible —murmura Morgana con voz débil.

—Nunca te he mentido, de eso no puedes acusarme.

—Podría ser la primera vez.

—Yo quiero que tengamos este hijo. Yo te quiero a ti, y Sophie tendrá que aceptarlo —Diego se interrumpe un segundo y enseguida continúa—: Confío en que terminará comprendiéndolo. Va a depender de cómo se lo planteemos. Sophie es parte de todo esto, una parte fundamental, y eso es lo que debemos hacerle saber.

Morgana conoce bien las rutas de escape de Diego, su forma de comprimir los labios, cerrar los ojos, ese imperceptible vacilar en su voz, la forma en que, para ganar tiempo, ralentiza y recalca ciertas palabras. Pero ahora no titubea, y su mirada tiene fulgores de agua, lo que la hace pensar que todo lo que dice surge de ese órgano que late entre sus costillas.

Una descarga de emoción la golpea desde dentro.

Nunca imaginó que Diego llegaría a decir lo que ha dicho. Pero aun cuando no tiene dudas de que ha hablado sinceramente, sus sentimientos basculan de un extremo al otro. Es un segundo de alegría y otro de congoja, uno de claridad y otro de desconcierto, en un momento quiere dejarse llevar por las palabras de Diego y al siguiente la inunda otra vez la desconfianza, la rabia y la incertidumbre. Nada logra atrapar, todo se le escapa. De todas formas se aventura a preguntarle:

—¿Se lo dirás?

—Se lo diré.

—¿Estás seguro? —insiste, con la esperanza asomándose en sus ojos.

—Estoy seguro, amor.

«La santísima trinidad»

Diego dormía con la puerta abierta de su cuarto, vestido sobre la cama, cuando ella salió del departamento. La luz apenas empezaba a despuntar en el cielo y la ciudad seguía sumida en sueños. Desde esa hora, Sophie vaga por un Santiago desierto. Ahora espera a Camilo en las puertas aún cerradas de la papelería, y mientras aguarda mira la calle para no pensar. La basura rezagada en el borde de la cuneta despide un olor nauseabundo. Huele también a orines y tabaco. Piensa que la soledad es un refugio, pero que tampoco allí se está a salvo. En la terraza del segundo piso, una mujer riega unas macetas de geranios rojos. Las gotas caen sobre el pavimento como lágrimas. Ella no ha derramado ninguna.

Cuando ayer por la tarde Diego le habló del hijo de Morgana, sus palabras llegaron lentamente a su conciencia, y cuando la alcanzaron tardó en entenderlas. Buscó una superficie brillante y la encontró en un dibujo suyo que Diego había enmarcado. Por eso se le ocurrió la idea de arrancarlo del muro, golpearlo contra el canto de la mesa hasta quebrar el marco, rasgar el papel en decenas de pedazos y arrojarlos por la ventana. Los trozos volaron desiguales, algunos se alejaron en el aire y cayeron, en cambio otros se quedaron suspendidos, como si no quisieran dejarla, y terminaron aterrizando a sus pies. En tanto, escuchaba a Diego que intentaba apaciguarla. Lo que ocurrió después no lo recuerda bien. Sabe que en algún momento apareció Morgana. Llegó cargada de bolsas de comida. Se disponía a cocinar para los tres. Para «la santísima trinidad». El padre, la hija y el espíritu santo. Solo que el espíritu resultó estar hecho de vagina, de útero, de olores ocultos que propician la traición, y el padre, el santísimo padre, no dudó en arremeter con todo su poder contra la hija.

Se sienta en la acera y saca de su bolso un cuaderno de tapas negras y un grafito. Pero es incapaz de dibujar una línea. La realidad se ha vuelto demasiado nítida y la encandila, la enceguece. En la noche, mientras Diego y Morgana insistían en que la adoraban, que ella era el centro de todo, que sin ella estaban perdidos, que la querían, que la querían, que la querían; mientras ellos le suplicaban que los escuchara, ella contaba sus inhalaciones y hacía listas mentales de latidos, de crujidos, de segundos. Cuando Morgana y Diego la dejaron por fin llegar hasta su cuarto, cerró la puerta con llave y pasó la noche en vela, sentada en el borde de la cama, sabiendo que Diego, al otro lado del muro, hacía lo mismo. Durante la noche, de tanto en tanto él le hablaba, pero sus palabras se hicieron más y más escasas, hasta desaparecer. Sophie esperó tramo a tramo la llegada del primer rayo de luz. Añoró el abrazo protector de Morgana, añoró todo lo que supo perdido para siempre.

No sabe cuánto rato lleva frente a la papelería. La sombra de un árbol duerme junto a ella sobre la acera. De pronto, una mujer abre el candado y empuja la cortina de metal hacia arriba.

—Camilo ya no trabaja aquí —responde la mujer cuando Sophie le pregunta por él—. Usted es la artista, ¿verdad? —la interroga mientras saca un pañuelo del bolsillo de su abrigo con el cual se limpia las manos.

—Supongo que sí —responde Sophie y levanta los hombros con indiferencia.

—Él nos contó de usted. Dijo que su arte era... —titubea un segundo y luego añade—: Sublime, eso dijo. Pero no tengo idea dónde trabaja ahora. Parece que encontró un trabajo donde le pagaban mejor —concluye la mujer.

De vuelta a la calle. Es una mañana desapacible. Nubes, palomas y un azul intenso caen sobre ella. Los dientes del sol la mordisquean. No quiere recordar lo ocurrido, pero su obsesión por las palabras hizo que estas quedaran incrustadas en la materia mórbida de sus sesos. Escucha a su padre. «Ese hijo es mío. Esto es verdadero. Tú la quieres. Yo la quiero. Nada tiene por qué cambiar. Todo seguirá igual. Somos una familia. Tú eres mi familia. Eres mi niña. Lo serás siempre». Se pregunta cómo un hombre tan brillante pudo decir tantas necedades y lugares comunes en tan poco tiempo. Toma aire y sigue caminando.

Al llegar a Plaza Italia se encuentra con un grupo de manifestantes que llevan los rostros cubiertos, cascos y banderas rojas. «Pueblo, conciencia, fusil, MIR, MIR, MIR», gritan con sílabas golpeadas, mientras avanzan al ritmo seco de su consigna. Sophie se aleja de ellos a paso rápido. Las calles por donde transita todos los días le parecen desconocidas. La extrañeza está por todas partes cuando se camina sin rumbo.

En un quiosco pide cigarrillos. Los sones de una ranchera la alcanzan desde su interior. El hombre, asomado en la minúscula ventanilla, le dice que no hay.

—¿Está seguro? —le pregunta Sophie en un tono implorante.

—Oiga, ¿usted en qué mundo vive? —le pregunta el hombre—. ¿No sabe acaso que en este país no hay nada de nada?

Sophie permanece de pie frente al quiosco. No entiende muy bien por qué. Solo sabe que necesita sentir el humo raspando su garganta. El hombre abre una revista y comienza a leerla, pero ante la presencia terca de Sophie, después de unos minutos la deja a un lado y la mira impaciente.

—Ya, chiquilla, aquí tenís —dice, sacando de algún sitio debajo de su asiento una cajetilla a medio abrir—. Anda, llévatela rápido antes de que me arrepienta.

Sophie enciende un cigarrillo con ademanes nerviosos y lo aspira con fuerza. Hacia las doce del día ha fumado más de la mitad de la cajetilla. Odia el ruido de la ciudad y el calor la debilita. El polvo se levanta de un montículo de tierra —rezagos de la construcción del metro— y hiere sus ojos. Entra en una fuente de soda y pide un café. En el baño se lava la cara y también las manos, dedo por dedo, y luego las palmas. Deja correr el agua sobre ellas. Su contacto frío y ligero la apacigua. Al cabo de un rato vuelve a la calle. En la fachada de la Universidad Católica un largo lienzo reza: CHILE ES Y SERÁ UN PAÍS EN LIBERTAD. A sus espaldas escucha la voz de un joven:

—Momios conchas de su madre —dice, arrojando sus palabras al suelo como escupitajos.

A las tres de la tarde está sentada en el borde de la cuneta frente a la casa de Camilo. Tocó su timbre varias veces sin respuesta. Sintió que llamaba a las puertas de otra ciudad, vedada para ella. Mientras lo espera dibuja árboles, hojas, que pronto borra y deshace con violencia. Enciende otro cigarrillo. El humo le devuelve el sentido del espacio, del lugar y de sí misma. Su boca sabe a cenicero.

A las nueve de la noche ve aparecer a Camilo. Bajo la luz de un farol, una pareja se ha besado durante la última hora. Sus cuerpos se ligan de las formas más particulares, sin nunca abandonar sus posiciones erguidas. Camilo se muestra encantado y sorprendido de verla. Lleva un traje negro, de corte incierto y demasiado grande, bajo el cual sus miembros parecen moverse como los de una marioneta. No hace preguntas. Sophie lo sigue escaleras arriba. Vuelven a encontrarse con la chica abundante en brazos, piernas y todo lo demás. Él no la saluda ni Sophie tampoco. Sophie ha estado allí tan solo dos veces, cuando durmió con él y luego una tarde, en que no se tocaron. Mientras Camilo sacaba acordes de su guitarra, ella, apoyados los brazos en el alféizar de la única ventana, miraba los pájaros carroñeros. Aquel segundo encuentro podría haber sido el comienzo de una rutina, pero no lo fue.

En el cuarto de Camilo, el afiche de *Yellow Submarine* ha desaparecido. Él la besa y luego la mira desconcertado por el sabor agrio que encuentra en su boca. Intenta acariciarla, pero Sophie no quiere su ternura. Le pide que se saque los pantalones. Su voz surge con una dureza inédita para ella misma. Camilo obedece. Hacen el amor rápida y furiosamente.

Cuando él acaba, ella se levanta de la cama cubriendo su cuerpo desnudo con una frazada y enciende un cigarrillo. No quiere ver el rostro de

Camilo ni la turbación que sabe encontrará en sus ojos. A través de la ventana divisa los techados de tejas y zinc, las casas iluminadas. A pesar de que ya se ha hecho de noche, una paloma solitaria da saltos pequeños sobre una cornisa y picotea la superficie con fiereza, emitiendo un gorjeo de hojalata. Nunca ha entendido por qué las palomas se convirtieron en el símbolo de la paz. Su presencia obstinada y su voracidad siempre le han producido temor. Vuelve a la cama y se ovilla en un rincón, sin moverse. Camilo, en el otro extremo, hace lo mismo. En el fondo de la casa se oyen algunas voces y risas que poco a poco van atenuándose hasta convertirse en un silencio cansado.

*

El sol del mediodía entra agresivo por la ventana. Camilo ha partido a la imprenta donde ahora trabaja. Cuando Sophie le preguntó si podía quedarse en su cuarto y le pidió que no hiciera preguntas, él le dio un beso y salió. Al rato regresó con una taza de café negro y un pedazo de marraqueta. Desde entonces, Sophie apenas se ha movido, el pan y el café, ya frío, quedaron sobre la mesa. Si intenta pensar, el veneno que ya conoce mordisquea sus entrañas y se agita en el fondo de su pecho.

Por la tarde escucha un alboroto en el cuarto contiguo. Alguien grita:

—¡Cállense, cállense, déjenme escuchar!

A través del delgado muro de la habitación, oye una voz metálica que proviene de una radio. Pierde algunas frases, pero alcanza a oír que dos meses después de que Estados Unidos firmara el acuerdo de paz, las últimas tropas norteamericanas se retiran de Vietnam del Sur. «El presidente Nixon ha logrado su tan deseada paz con honor», remata el locutor. Pronto se reanudan los gritos—: «¡Hijo de puta, asesino, de qué honor está hablando!», mientras oye al grupo correr escaleras abajo como un enjambre de abejorros.

Un siglo atrás, antes de la traición y del derrumbe, habría estado con Diego y Morgana celebrando.

A lo lejos escucha un llanto casi imperceptible, de tono bajo y lúgubre. Tarda un momento en darse cuenta de que es ella misma quien llora. Las lágrimas afloran con la fuerza de un recluso que golpea los barrotes de su celda, los dientes apretados y la convicción férrea de que tarde o temprano los romperá todos, aunque pierda la vida en ello. Se cubre con las sábanas y cierra los ojos.

El calor del otro

Diego y Morgana avanzan taciturnos, la desesperación moviéndose dentro de ellos como un aceite espeso. Él aún camina con un leve rengueo. Los transeúntes pasan a su lado, algunos presurosos, mientras otros se detienen frente a las vitrinas.

Sophie ha desaparecido. Nada resultó como esperaban. Aunque ahora, después de lo ocurrido, Morgana ve todo con claridad. Era imposible que Sophie lo aceptara. Y mientras Diego la toma de la mano para apurar el paso, ella piensa que lo único que pudo cegarlo es esa palabra que no se atreve a nombrar, esa palabra de cuatro manoseadas letras que ha alojado en su conciencia, en su corazón, creando para ella un mundo propio.

La sirena de una ambulancia se acerca desde el fondo de la avenida.

—Detesto ese ruido —musita. La sensación de angustia se acrecienta. Diego oprime su mano con más fuerza, como si los presentimientos oscuros tan solo pudieran expresarse en silencio.

Temprano por la mañana, Diego llamó a Carmen Waugh para preguntarle si había tenido noticias de Sophie, pero ella le respondió que la última semana no se había aparecido por la galería. Camilo es ahora su única esperanza, el único hilo que podría conducirlos a Sophie. Mientras Diego entra con su paso balanceante a la papelería, Morgana lo aguarda en la vereda. La sirena de la ambulancia se aleja entre las calles.

Los ojos le escuecen. Ha llorado tanto que le duelen las costillas y los pulmones al respirar. En el desvelo, al conciliar el sueño, al despertar, al encontrarse luego con el semblante entristecido de Diego y sentir su abrazo. Entre dos automóviles estacionados se arremolinan pétalos de geranios rojos y papeles. Espera. La expectación y la impaciencia la ahogan. Piensa que si él desapareciera en este momento, ella se quedaría en medio de la calle, desorientada, sin saber adónde ir. En este huracán, él es su único punto de referencia. Sin embargo, la expresión desvalida de Diego mientras camina a paso lento por el pasillo de la papelería hacia ella, le hace saber que él también está perdido. Un cañonazo a lo lejos divide el día en dos.

Al menos ahora saben que su nombre completo es Camilo Herrera, que es un chico de pocas palabras pero eficiente, y que Sophie esta mañana estuvo ahí preguntando por su paradero. Recuerdan que Sophie pasó con él una noche, esa primera y única noche que ellos hicieron el amor en el departamento de Diego, la noche de los doce balazos. Un año y nueve meses atrás. No tienen más pistas de él que el número de teléfono de la dependienta a través de la cual llegó a la papelería y que ya tampoco trabaja ahí. Su nombre es Delis Zapata. Toman un taxi. Morgana se siente débil, apoya la cabeza en la ventanilla. La ciudad pasa frente a sus ojos con una distancia plomiza.

Apenas entran en su departamento, Diego comienza a llamar por teléfono. Disca compulsivamente el número de Delis Zapata, pero no hay respuesta. El sonido escalonado del dial en cada número al devolverse y la insistencia desesperada de Diego, la marean. Diego llama al Ministerio del Interior y pide que investiguen si Camilo Herrera tiene antecedentes. Morgana vuelve a sentir náuseas. Mientras él sigue hablando, se desliza hacia el baño, cierra la puerta y vomita. Ese niño allí dentro la está vaciando. Al cabo de unos minutos, Diego golpea la puerta.

—Morgana, déjame entrar.

—Ya estoy bien y todo aquí está muy feo. Espérame un momento que ya salgo.

—Morgana, mi preciosa, esto lo vamos a hacer juntos. ¿Oíste? Déjame entrar que te ayudo, por favor —dice suplicante.

Las lágrimas vuelven a surgir, lentas, gruesas. Se lava la cara y abre la puerta. Diego la abraza.

—Estamos juntos, Morgana.

Ella piensa que el miedo compartido desaloja la razón mezquina, esa que todo lo mide y sopesa. En este frío intenso, en este invierno ártico que irrumpe en medio del otoño y que los alcanza a ambos, sabe que solo el calor del otro podrá protegerlos.

Habrá olvidado

Amanece. En la ventana, los aleros de los tejados se recortan contra la misteriosa arquitectura del cielo. Sophie fuma un cigarrillo con las piernas recogidas. A su lado, Camilo duerme en un rincón de la cama. Levanta la mano izquierda a la altura de sus ojos y observa su muñequera. Cada uno de los intentos quedó estampado en su muñeca. Lombrices muertas que nunca mira. ¿Lo volvería a hacer? La respuesta surge rotunda. Seguirá viviendo, se dice, y los sobrevivirá.

Llegará el momento en que el deseo que une a Diego y Morgana se extinguirá, el día en que se mirarán a los ojos y no tendrán nada más que decirse. Pero para entonces, ella habrá olvidado el abrazo de Morgana en sus noches insomnes, el calor de su cuerpo inundándola de paz; habrá olvidado sus voces en la cocina, mientras ella, ignorándolo todo, dibujaba sobre la mesa del comedor; habrá olvidado la expresión radiante y orgullosa de Diego ante su obra; habrá olvidado las noches en la sala, Morgana y ella meciendo las caderas al compás de las canciones de los Rolling Stones, los ojos de Diego saltando de una en otra, su risa, esa risa que ahora se ha vuelto perversa en su memoria; habrá olvidado la amistad pueril con una poeta que nunca oyó hablar de ellas; habrá olvidado el resplandor azulado de la televisión oscilando en los muros como el agua tocada por el sol, mientras Diego, intentando ver las noticias, acallaba sus risotadas; habrá olvidado esos instantes, cuando sus miradas se cruzaban y en silencio daban constancia de su unión; habrá olvidado el sonido de las sirenas a lo lejos clavándose en sus pechos, la voz de Morgana diciéndole: «Tú puedes, tú puedes»; los rumores del río y esa impresión de que la vida estaba en el lugar donde se encontraban los tres. Habrá olvidado que una noche nadaron desnudas, que Morgana tocó su alma, que despertó su cuerpo, que abrió su corazón.

Cuando ese momento llegue, ella estará lejos.

Si de algo está segura es que no quiere volver a verlos. Jamás. Sonríe. Es una sonrisa oscura que, está segura, tiene más la apariencia de una mueca que la de una sonrisa. No sabe de dónde surge esa fuerza fría, sobrehumana, y a la vez dolorosa. Recoge su bolso del suelo, saca su cuaderno y dibuja letras. Al cabo de un rato, la hoja está cubierta de una textura similar a la corteza de un árbol. En ese enjambre busca la M y luego la O, la R, la I, y la R nuevamente. Las marca con más firmeza y las une con sus trazos.

*

Por la tarde, después de su trabajo en la imprenta, Camilo la acompaña a la central de teléfonos donde Sophie puede llamar a su madre a París con cobro revertido. Unas colegialas con sus flequillos y minifaldas cruzan del brazo la calle corriendo. Un camión militar se asoma por la esquina lentamente; bajo su toldo de lona, los rostros imberbes de los conscriptos las miran pasar.

—Están buscando armas. Ya hicieron ayer una redada de allanamientos. Dicen que lo hacen para proteger la democracia, pero lo que quieren es desarmar al pueblo —señala Camilo, modulando los vocablos con su acostumbrada dificultad.

Mientras aguarda a que la operadora la comunique, Sophie se siente mareada.

—¿Estás bien? —le pregunta Camilo y la sostiene de la cintura con suavidad—. No has comido nada, eso es lo que pasa. En la mañana te dejé un pan y ni lo tocaste.

De hecho, desde que salió de su departamento ayer por la madrugada que no come nada. Los brazos de Camilo la reconfortan.

—Allo, maman... oui, c'est moi. Je rentre... Oui je sais, je sais, mais pas maintenant... Je t'en prie...

Su voz se quiebra, contiene el sollozo, pero no logra evitar que su barbilla tiemble. Aspira varias veces con las ventanas nasales dilatadas.

—Je prends le billet demain... c'est trop long d'expliquer... je vais bien, ne t'inquiète pas... dans quelques jours je serai là... ¿Papa? Comme toujours.

—¿Qué le has dicho? —le pregunta Camilo cuando salen de la central y ambos respiran el aire aún caldeado de la tarde.

—Que me vuelvo a París.

Reparación

A las cinco de la tarde alguien toca a la puerta. Echada sobre la cama de Camilo, Sophie, sin moverse, guarda silencio. No quiere que nadie perturbe esa frágil y extraña paz que la embarga. Hoy por la mañana sacó del banco el dinero que su madre le envía cada mes y compró su pasaje a París. Ahora espera que las horas pasen para recoger sus cosas sin tener que toparse con Diego ni Morgana. Los golpes continúan.

—Oye, te buscan —escucha la voz de una mujer al otro lado de la puerta.

Se reincorpora. Al abrir se encuentra con la chica de piernas gruesas, y tras ella, Diego. De un golpe el corazón comienza a latirle aceleradamente.

—Te buscan —vuelve a decir con una voz aflautada que no se corresponde con la rudeza de su apariencia.

Diego la observa con los ojos cansados y expectantes.

—Hola —dice él y la chica desaparece—. ¿Quieres dar un paseo para que conversemos?

Sophie nota que, al verla, Diego oculta tras de sí un paquete que trae en sus manos. Por un momento experimenta compasión por él, tan devastada le resulta su apariencia. Lleva un terno oscuro, arrugado, y una camisa blanca sin corbata que deja ver su cuello enflaquecido.

—No es necesario. Puedes entrar.

Una vez que Diego está adentro, de pie, inmóvil, siguiendo cada uno de sus gestos, Sophie siente que el cuarto de Camilo se vuelve aún más estrecho. Es como si Diego fuera en sí mismo otro mundo, otro universo que con su carga aplastara el suyo.

—No fue fácil encontrarte —dice él—. ¿Puedo sentarme? —pregunta, señalando la única silla, frente al escritorio de Camilo.

—Claro.

Sophie se sienta sobre la cama con las piernas cruzadas y enciende un cigarrillo. Diego también enciende uno, después de pasar su Zippo de una mano a otra varias veces. Junto con la primera bocanada emite un profundo suspiro. Sophie advierte el aire vulnerable que despide. Para apaciguarse, mira a través de la pequeña ventana. Nubes finas y etéreas están suspendidas de los techos vecinos. Una imagen discordante con la fatiga y la tensión que destila cada uno de los gestos de ambos, pero que al mismo tiempo le abre una esperanza, una claridad que de pronto entra en su conciencia y aviva sus sentidos. ¿Y si Diego ha venido a decirle que todo terminó con Morgana? ¿Y si por fin comprendió que lo único que importa son ellos dos, él y ella, el lazo indestructible, la unión desde la cual el mundo y sus avatares se ven inofensivos y lejanos?

—Te ves bien —sonríe tenuemente Diego.

—Tú no mucho —replica Sophie y le devuelve la sonrisa con reserva.

Se levanta de la cama, se apoya en el armario, se desliza por él y se sienta en el suelo.

—¿Y Camilo? —pregunta Diego.

El humo de los cigarrillos remonta y se agita entre ellos.

—Está trabajando. Trabaja en una imprenta.

—Lo vi en la galería, parece simpático —se mece en la silla y el suelo cruje al ritmo de su inquietud.

—Es una buena persona.

—Quiero que vengas conmigo —tiene una pierna cruzada sobre la otra y la espalda encorvada. Parece empequeñecido—. Y que todo vuelva a ser como antes.

—¿Tú crees que es posible? —pregunta Sophie, sospechando que una sonrisa se derrama por su cara.

—Claro que sí —dice él con entusiasmo—. Podría cocinarte esos ñoquis que te gustan tanto. ¿Te gustaría?, ¿te gustaría? —repite con voz suave y se queda mirándola con el torso echado hacia delante. Da la impresión de que no quiere dejar escapar nada de lo que ella vaya a decir o hacer.

—Puedes botar la ceniza ahí —dice Sophie, y señala un plato de café lleno de colillas sobre el escritorio.

Las esperanzas de Sophie se acrecientan, pero no tiene agallas para preguntarle por Morgana. Cree que ni siquiera es capaz de pronunciar su nombre, tan perturbadores son los sentimientos que le provoca. Se pregunta cuánto rato van a seguir en esa conversación a través de cuyos orificios se cuelan las ilusiones.

Por un instante ambos callan. Diego tamborilea con los dedos sobre la mesa. Su perfil está bañado por el sol pálido. Afuera, como siempre, la actividad de las palomas resuena en sus oídos.

—Morgana te manda esto. Ella está desolada. No quiere perderte, Sophie —dice al cabo de unos momentos y le entrega el paquete que le ocultó a su llegada. Al abrirlo, Sophie se da cuenta de que es el libro de Lorca que le dejó a Morgana su padre.

Respira varias veces antes de alzar la vista y encontrarse con los ojos de Diego. Se levanta del suelo y enciende otro cigarrillo. Le tiemblan las manos. Con la primera bocanada entran la rabia y la distancia. Es como si ya hubiera partido.

—Puedes irte, Diego. Y, por favor, llévate el libro contigo —señala con desdén, dándole la espalda.

—Sophie, mírame.

—Ándate —le pide con los brazos cruzados y el cuerpo rígido.

—Mírame, Sophie, por favor.

—Tengo un pasaje para París, salgo en tres días. Estaré bien. Mamá me espera.

Diego da dos golpes con el encendedor sobre la mesa y se levanta de la silla, intenta encontrar su mirada, pero Sophie vuelve a darle la espalda.

—Amor, no tiene por qué ser así.

Ante el mutismo de Sophie, Diego continúa hablando:

—Entiendo que no puedo volver a decirte todo lo que te he dicho, porque ya lo sabes, y bajo el prisma que estás viendo las cosas todo te sonará falso.

—Así es —conviene Sophie, y abre la puerta. Se detiene en el umbral y se gira para enfrentarlo con un movimiento preciso y duro.

—¿Te veré antes de que partas? —le pregunta él.

—Tengo que ir a buscar mis cosas. Pensaba ir hoy, pero creo que pasaré mañana.

—Estás decidida, ¿verdad?

—Lo estoy.

—¿Pero por qué tiene que ser así, Sophie?

—Sabes perfectamente por qué, no creo que quieras que te lo explique. Siempre terminas por destruirlo todo. Está en tu naturaleza. Ándate, por favor.

Diego voltea la cabeza hacia un lado, como si las palabras de Sophie hubieran golpeado su mejilla.

—Sophie...

—No sigas, es inútil —lo detiene.

Diego intenta darle un beso, pero ella mira hacia el suelo y le da una calada a su cigarrillo. Se produce un silencio expectante. Sophie sabe que él busca sus ojos, que espera una palabra que cambie el curso de los acontecimientos. Pero ella no va a concederle su capitulación. Eso jamás.

—Adiós, amor —dice Diego antes de empezar a descender las escaleras.

Una vez de vuelta en el cuarto, Sophie descubre sobre la mesa el libro de Morgana. Quiere bajar corriendo las escaleras y entregárselo a Diego, pero se detiene. La idea de que Morgana pierda para siempre un objeto que le es tan preciado le parece una forma —aunque insignificante en relación al daño que le han hecho— de reparación. «Eran las cinco en punto de la tarde», lee al azar y lo vuelve a cerrar con violencia. En las techumbres vecinas, las palomas carroñeras se pelean un trozo de pan. Frotan sus alas extendidas contra la superficie de zinc, produciendo un ruido metálico y frío.

Domingo

Todos los días, desde que Sophie partió a París, Diego le envía una carta. Y cada mañana, sesenta y tres hasta ahora, despiertan con la esperanza de recibir de ella una palabra, un dibujo, lo que sea. En el muro de la cocina, el calendario se hunde bajo las cruces desalentadas de Diego que marcan los días sin respuesta.

Rodeados por peumos, palmeras y magnolios, Diego y Morgana, en la inmovilidad de la tarde invernal, leen en una banqueta del parque. Ella, con los pies recogidos, tiene la cabeza sobre el regazo de Diego. Levanta los ojos de su libro de estudio y observa el follaje traspasado por la luz. Una pequeña panza despunta de su vestido. A lo lejos los queltehues, con sus gritos desapacibles, anuncian lluvia.

Morgana piensa en Sophie. Piensa en ella todo el tiempo. Recuerda una ocasión en que con un tono misterioso, Sophie le dijo que temía encontrarse en una misma mirada con un pájaro y un muerto. Como tantas otras veces, tuvo la impresión de que apenas lograba asir el fragmento de una composición mucho más amplia y compleja, que tal vez ni Sophie alcanzaba a abarcar cabalmente.

Piensa también que lo que las unió y las une es que ambas saben que la única forma de sobrevivir es extrayendo de todo su gota de belleza. Si quiere conservar vivo su vínculo debe persistir en su afán por buscar esa pizca de eternidad que está oculta en las cosas y que Sophie intentaba atrapar en sus jaulas. Esta es acaso la única certeza que tiene en este charco de incertidumbres.

Ya no quiere volver a su libro, a todas esas teorías y conceptos que intentan organizar la poesía. Observa las paulonias, cuyas ramas se abren sobre un fondo que parpadea. En el pasto, un chico hace bailar una pelota de fútbol. La desliza de la rodilla al hombro, del hombro a la punta del pie, y la atrapa en el instante preciso en que una música irrumpe desde lejos y las nubes llenan la cavidad del cielo.

—Preciosa, ¿no tienes frío? ¿No quieres que volvamos? —le pregunta Diego mientras despeja su frente.

Morgana niega con la cabeza, pero antes roza con los dedos el centro de su boca.

—Amor —dice él—, hace mucho tiempo que debí contarte esto.

Se hace un silencio. Las briznas de pasto se agitan con el aire de la tarde.

—Sophie pasó parte de su adolescencia en un hospital siquiátrico —continúa—. Intentó suicidarse varias veces. Al cabo de unos años, una doctora dio con los medicamentos que necesitaba. Pero siempre pesó sobre nosotros el temor de que volviera a intentarlo.

—Ese era su secreto.

Diego asiente silenciosamente. Morgana recuerda las muñequeras que aun en la piscina usaba Sophie, siempre de colores, pintadas por ella misma, como pulseras vivas. Un dolor sólido le golpea el pecho. Se estremece, al tiempo que a lo lejos las sirenas le recuerdan que todo se precipita hacia un futuro incierto.

El miedo

Sin perder de vista a Morgana, como solía hacer con Sophie, Diego sopesa junto a un grupo de amigos lo ocurrido esta mañana.

Se han reunido al fondo de un pasaje, en casa de Jorge y Sonia, una pareja de amigos. El salón es pequeño y las ventanas están cubiertas por una espesa cortina verde que, junto con la música, los protege de las miradas y oídos vecinos. Un regimiento militar comandado por un tal coronel Souper intentó un golpe de Estado. Llegaron al palacio de gobierno con tanques y camiones cargados de soldados. En el tiroteo de más de dos horas murieron veintidós personas.

—Salieron corriendo como rateros —dice Diego, levantando la voz.

Los demás, reunidos en torno a la mesa, inician una larga letanía de epítetos: «traidores, cobardes, fascistas, maricones», términos inquietantes que permanecen gravitando en la cabeza de Morgana como el humo negro de un incendio que avanza hasta alcanzarla. Se da vueltas a un lado y otro de la silla, buscando una posición para su vientre de seis meses. Nadie se lo ha dicho, pero sabe que es una niña. Paula, al otro lado de la mesa, la mira con esa mezcla de dulzura y distancia a la cual no solo está habituada, sino que ha llegado a necesitar.

—Tú estabas con Leonardo Henrichsen esta mañana cuando le dieron, ¿verdad, Ramiro?

—pregunta un hombre vestido pulcramente, dirigiéndose a un joven de profusas patillas.

El muchacho, con los ojos enterrados en el suelo, asiente.

—Dicen que filmó su propia muerte, y que alguien logró salvar las imágenes —declara una mujer.

—Hijos de puta, soy periodista —murmura el joven en un tono apenas audible.

Las miradas se posan sobre él. En sus labios apretados y temblorosos se anida la rabia.

—¿Qué dices? —pregunta Diego.

—Fue lo que gritó Leonardo, «soy periodista», eso gritó. Todos creíamos que ser periodistas nos otorgaba un salvoconducto a la inmunidad —musita en un tono irónico.

—Debiera serlo —conviene Paula.

—Pero no con estos conchasumadres. ¿Saben lo que hicieron? Apuntaron una y otra vez contra nosotros. Dispararon a quemarropa, y Leonardo cayó —dice el muchacho y luego calla.

El silencio flota a baja altura, como niebla. Morgana busca los ojos de Diego y por primera vez no los encuentra. Sumido en sus pensamientos aspira el humo de su cigarrillo. Se acerca a él y toma su mano. Diego la estrecha.

Un hombre de contextura gruesa y copiosos bigotes aparece desde la cocina y deposita una bandeja de emparedados en el centro de la mesa.

—Son del bar El Castillo —aclara con aire triunfal.

Sonia trae platos, cubiertos y servilletas de papel. La bruma del silencio se disipa, pero su halo frío queda suspendido sobre ellos.

Tiempo atrás, moverse en el epicentro de los acontecimientos le hubiera parecido excitante.

Pero ahora, la niña que lleva en el vientre se ha vuelto un ancla que busca un sitio donde asentarse. Por eso, Morgana ha intentado hacer de su departamento un arca intocable. Diego trajo sus libros, los de filosofía, astronomía e historia, los de economía y matemáticas. También sus papeles, sus documentos y su Underwood, que instaló en la mesa del comedor y donde por las noches trabaja, mientras la mira ir y venir en sus ajetreos domésticos. Aún no han trasladado la televisión, tal vez como una forma de dejar la realidad atrapada en el otro departamento. En lugar de comprarse ropa de embarazada, Morgana usa los pantalones y las amplias camisas de Diego, que caen sueltas sobre sus caderas y su panza. Le gusta sentir su olor impregnado en la ropa que lleva. Cuando Diego abre la puerta por la tarde, ella respira en su oído y él la abraza. Permanecen un rato así, unidos, escuchando el latir acelerado de sus corazones. A veces, Morgana se aprende algún poema y se lo recita: «Querido, a pesar de que todo ha ocurrido, nada ha ocurrido. El mar es muy antiguo». Pero no le dice que camina de un cuarto en otro, que extraña a Sophie, que con la niña ha llegado el miedo a la muerte. Que presiente el fin. Lo advierte en la frecuencia de los atentados, en la arremetida cada vez más violenta de la derecha, en el rostro cansado y macilento de Diego. Él la mantiene al margen de las reuniones políticas. Es su forma de protegerla, le dice. Ella, a su vez, a pesar del miedo y la inquietud, intenta con todas sus fuerzas iniciar el día con optimismo, con la mente despejada y clara. Quisiera creer que si lo logra, su hija estará a salvo del infortunio.

—El embarazo te sienta de maravillas —señala Paula, al tiempo que posa la palma de su mano sobre la redondez de su vientre.

La espontaneidad de sus palabras y su ternura, en medio de ese aire ominoso que se respira, la emocionan. Las voces ascienden hacia el techo revestido del humo de los cigarrillos. Paula levanta su copa, y mirándola brinda por ella. A pesar de que no ha perdido su rara belleza ni la fuerza de su mirada, su extrema delgadez y la espalda enarcada hacen imposible olvidar la enfermedad que la acecha. Su cabello ya ha crecido lo suficiente, pero de todas formas ha adoptado la costumbre de usar pelucas. De vez en cuando aparece de un rubio platinado que energiza sus rasgos, otorgándoles una inesperada sensualidad; o, por el contrario, trae una melena azabache que los endurece. Metamorfosis que hacen olvidar quién es Paula en realidad, quién se esconde tras esas apariencias disímiles, que ella, intencionadamente, complementa con gestos acordes. Pero lo que a Morgana le resulta más conmovedor es que la rigidez y la tristeza jamás se cuelan en su semblante. Pareciera que, a pesar de sus padecimientos, estas le estuvieran vedadas.

Un hombre de barba pelirroja enciende la televisión. Es la hora del noticiero. Las imágenes en blanco y negro muestran a cientos de personas corriendo por las calles, mientras el estruendo de las balas los persigue. Militares vestidos para la guerra disparan desde sus camiones apuntando hacia la gente. Los tanques avanzan por las calles, lentos e implacables. Morgana se estremece. Diego estuvo en el palacio de gobierno esta mañana. Debió oler la pólvora de las balas, escuchar su silbido de muerte. Los estruendos se hacen más agudos cuando las tropas leales al gobierno llegan a romper el cerco. Las imágenes se suceden con rapidez en la pantalla. Los militares disparan, se ocultan, gritan, la gente huye, busca cobijo tras los arbustos. Los tanques se mueven en retirada. En su repliegue siguen haciendo fuego. A las once de la mañana llega el presidente a La Moneda. Vítores en la calle. Cientos de personas gritan levantando los puños. Un militar avanza entre la multitud junto al ministro de Defensa y le advierte que si no logra disipar al gentío reunido, ocurrirá una masacre. La palabra «masacre» permanece aleteando en el aposento, como un pájaro negro. Bajo los sonidos que provienen de la pantalla, un violento silencio los sacude. Morgana sabe lo que piensan, lo que piensa Diego: las cartas están echadas y no hay vuelta atrás.

El presentador informa que entre los muertos hay una pareja de ancianos que recibió una ráfaga de ametralladora por la espalda mientras intentaba escapar. A las seis de la tarde se izó la bandera en el palacio de gobierno. El presidente habló desde sus balcones. La multitud congregada exigió venganza.

Se ha declarado toque de queda a las once de la noche. Oyen el ruido sordo de un helicóptero sobre el techo de la casa. Aun cuando no pueden verlas, sus hélices negras oscurecen aún más los ánimos y tensan las cuerdas con que cada uno mantiene su compostura. El traqueteo desaparece, la estancia palpita. Diego acaricia su vientre y entrelaza sus dedos con los suyos. Sus ojos, como siempre, brillan con esa profundidad tranquila donde Morgana se sumerge.

—¿Estás bien, amor?

Ella asiente con un gesto. El calor de su contacto la apacigua. Las hendiduras en su frente se han hecho más profundas, también su ceño; no hay un instante en que no se acentúen. El tiempo parece pasar demasiado rápido sobre ellos, se dice. Deben detenerlo, doblarles la mano a las sirenas, a la mente de Diego que no descansa, que busca sin cesar respuestas y soluciones. Tal vez juntos puedan apresar el tiempo, acariciándose en la oscuridad, subiéndose a su Fiat 600 y enfilando sin rumbo hacia ese soplo de espontaneidad y optimismo que está segura aún pueden rescatar.

Las voces siguen su curso, especulaciones, frases nerviosas que aluden a los partidos revolucionarios y a la vanguardia del pueblo. Algunos ocultan su ansiedad tras comentarios salaces y sarcásticos.

Brindan por ellos, salud; por los cordones industriales, salud; por el presidente, salud; porque los golpistas y sediciosos chuchasumadre no van a salirse con la suya, salud... Las voces, como si fueran en un carro alegórico de un mundo rodante, se alejan hasta extinguirse.

Una vez más piensa en Sophie. Han transcurrido tres meses desde que partió a París. Su madre, Monique, ha mantenido a Diego informado de sus andanzas. Su correspondencia es seca, sin concesiones, como las notas de prensa que redacta para el periódico donde trabaja. Pero bajo esa supuesta neutralidad está siempre presente su propia victoria sobre Diego. En sus cartas le hace saber solapadamente lo que piensa, que ha traicionado el único reducto de decencia y de verdad que aún poseía: la lealtad a su hija. En la última le habla de la exposición de Sophie en una de las galerías alternativas más importantes de la ciudad y de las estupendas críticas que recibió. Pero Morgana conoce el insomnio de su amiga, las ideas oscuras que la asaltan como plagas de insectos, su fragilidad y su añoranza de infinito. Después de leerlas, Diego se las entrega a Morgana con una expresión donde se entremezclan la alegría —por los logros de Sophie— y la derrota. Él continúa escribiéndole todos los días. Ya son noventa cartas. Morgana se le ha sumado, y cada día le envía un verso. Pero Sophie persevera en su silencio.

Cuando Morgana vuelve de sus divagaciones, la intensidad de la conversación ha remontado en espiral. Una mujer, con el torso redondo de un pez, trae noticias. Los insurrectos, Souper y sus secuaces, están presos. La directiva de Patria y Libertad, un grupo de choque de ultraderecha, ha pedido asilo en la embajada de Ecuador. Sus nuevas sacan aplausos. *Amanda,* de Víctor Jara, suena por los parlantes del tocadiscos.

Un hombre grueso, con voz de barítono, acompaña la melodía y otros se unen a él.

Un poco antes de las once de la noche, todos se despiden con premura, se abrazan y se golpetean las espaldas, unidos por las emociones de las últimas horas.

*

Le es imposible insertar la llave en la puerta de su departamento, y cuando Diego lo intenta tarda un buen rato en abrir. Ya en el pasillo, él pasa la mano por su cintura abultada atrayéndola hacia sí. La besa. Alcanzan el dormitorio enlazados. Diego se saca la ropa con impaciencia, de espaldas a la ventana. Tumbada en la cama, Morgana lo observa. Le gusta mirarlo en su plena virilidad, sus piernas firmes, moldeadas, y el deseo que desprende todo su cuerpo. Escucha su respiración agitarse en libertad.

Las sirenas reinician su rutina. Vienen de lejos con su inquietud y su carga de desgracia, rozan su ventana, desaparecen en la distancia y luego surgen otras.

Diego, desnudo, se tiende a su lado. Uno a uno abre los botones de su camisa blanca y libera sus senos hinchados. Los acaricia y amasa entre sus manos, besa sus pezones endurecidos. Es un tacto profundo, de esos que no se detienen ante nada. Pero Morgana es incapaz de concentrarse.

—Vas muy rápido —murmura.

Diego no parece escucharla. Con delicadeza intenta sacarle los pantalones, sus pantalones de pana. Ella, con un gesto, lo detiene.

—Voy a quedarme así —afirma.

La mirada de Diego no es de desconcierto, sino de rendición. Morgana se lleva al rostro una mano de él, humedece el centro de su palma con la punta de la lengua y luego lo besa. Vestida junto a su cuerpo desnudo percibe la blanda tibieza de su boca, ese lugar que conoce bien, pero que nunca deja de sorprenderla, por la conmoción que le produce, por la necesidad de llegar aún más hondo. Levanta el torso. Su vientre, redondeado y magnífico, se asoma por la camisa entreabierta. Ríe. Diego le pregunta de qué. Con ambos brazos la atrae hacia él. Su mirada es de vigor y potestad, también de inocencia. Luego, la oprime contra su pecho con esa pasión que tiene la virtud de encenderla.

—¿De verdad no quieres?

—No —responde Morgana en un susurro.

Diego respira profundo y luego se pone de rodillas sobre la cama. Con un gesto delicado pero impetuoso, que no admite réplicas, acomoda el rostro de Morgana entre sus piernas. Desde allí ella lo mira. Lo ve grande, sólido. Observa su ardor que se vuelve misterioso, hermético. Mientras él hace lo suyo, ella extiende un brazo para tocar con sus dedos el nacimiento de su espalda. Desciende con lentitud hasta sus nalgas y oprime el músculo que le da forma. Advierte los sentidos de Diego intensificarse aún más y sigue deslizándose, hasta encontrar las paredes húmedas y suaves de su cavidad. Su dedo resbala una, dos veces, en su hondura elástica y tibia que se contrae. Lo escucha gemir. Cuando lo mira descubre que tiene los ojos cerrados y su búsqueda del placer se ha hecho más enérgica, más desesperada. Morgana continúa, continúa más profundo, al tiempo que su espalda se curva y su vientre surge grandioso entre las piernas de Diego.

—Tócate —le dice él. Su tono es perentorio. El sudor se desliza por sus mejillas y sus labios están tensos.

Morgana se acaricia para que él la observe, para exaltar su deseo, que a su vez aviva el suyo. Deja que sus manos se deslicen una y otra vez, hasta que de pronto siente unas ganas insoportables de entregarse a él.

—Ven, ven, por favor —le pide muy despacio, casi susurrando.

Pero ya es demasiado tarde. Diego extiende el cuello, vuelve el rostro hacia el cielo, como un caballo que intenta desprenderse de las sogas que lo atan. Morgana intuye las imágenes que atraviesan sus ojos cerrados, añora entrar en su mente, descerrajarla, conocer sus secretos. Todo se acelera. Con los muslos apretados uno contra el otro, temblando, advierte el calor viscoso en su boca, en su lengua, en su garganta, en el instante en que un espasmo profundo, abrasador, recorre su cuerpo. Diego emite un grito, alto y bronco a la vez, y luego, después de un momento, ambos ríen. Sus risas se expanden y cubren la persistencia de las sirenas, el silbido de las balas, los tanques y fusiles, pero sobre todo el miedo.

A las once exactas, el silencio expande su poderío sobre la ciudad.

Cielo robado

El teléfono suena al amanecer.

—Diego, Diego —lo despierta Morgana suavemente. Sus brazos dormidos la abrazan.

Ha descansado poco. Ya no encuentra posición para su barriga de ocho meses y medio. Diego se reincorpora de un salto. El teléfono está en la sala. Al cabo de unos minutos, Morgana ve su figura a contraluz en el marco de la puerta. No alcanza a distinguir su expresión. Su voz trémula cava el centro de su pecho. Hay un levantamiento. Un sector de la Marina ha aislado a Valparaíso, parte del puerto está ocupado, el presidente va camino al palacio de gobierno. Diego se viste rápido. Morgana percibe su esfuerzo por mantener la calma. El día que tanto anunciaron y temieron ha llegado. Ambos lo saben. Morgana piensa que podría haber sido cualquier otro, un 10 o un 12 de otro mes. Tan solo anoche Diego le hizo notar que el 11 de septiembre de 1714, Cataluña, que hasta entonces había sido una nación soberana, cayó derrotada a manos de las tropas de Felipe V.

—Morgana, amor, tú no salgas de aquí, ¿oíste? —le advierte mientras se ata los cordones de los zapatos—. No se te ocurra ir a trabajar, ni menos a la universidad.

—Lleva tu gabardina. Será un día frío, aunque no lo parezca —señala ella desde la cama, al tiempo que se abraza las rodillas.

Diego se sienta a su lado y toma sus manos.

—Todo estará bien, preciosa. Los aplacaremos, como en el tancazo de junio. Ya verás. Pero no salgas —insiste—. Con esa panza es mejor que te quedes aquí. ¿Me lo prometes? —Toca su vientre y besa sus ojos. Ella lleva puesto uno de sus pijamas.

Tiene ganas de llorar, pero se contiene, esboza una sonrisa, y con la punta de los dedos acaricia la boca de Diego. Es un gesto rápido, contenido.

Antes de partir, él anota un número de teléfono en un papel.

—Es el número de Paula, quiero que la llames si necesitas algo, ¿me oíste? Lo que sea.

Morgana oye la puerta al cerrarse y luego el silencio. Pero no es un silencio absoluto, porque el ascensor con su rechinar viene subiendo y luego baja, llevándose a Diego al tiempo azaroso de la calle. Permanece inmóvil, las piernas recogidas, la mirada fija en la ventana por donde con lentitud se asienta el día. Es una mañana azul y fina. Su corazón late desacompasadamente. Para espantar el miedo piensa en sus padres. En este caos ellos representan la normalidad. Su madre había decidido venir cuando la niña naciera, pero una neumonía la tiene postrada en cama. Se han comunicado por teléfono. Elena habla de biberones y mantillas, le describe una y otra vez el ajuar que preparó para su primera nieta. Nunca imaginó que la voz de su madre llegaría a ser una fuente de sosiego. Quisiera tomar el teléfono y llamarlos. Pero no haría más que preocuparlos, y quién sabe, tal vez después de colgar se sentiría aún más sola. El silencio devora sus pensamientos. Enciende el tocadiscos. El *Stabat Mater*, de Vivaldi, que Diego escuchó por la noche, llena la estancia con su melancolía. En la cocina prepara un café negro, cargado y caliente, como los que suelen tomar juntos por la mañana. Sobre la mesa está la carta para Sophie, la de todos los días, la que hoy Diego hubiera llevado al correo de no salir apurado. Nada más ayer él le mandó una caja que contenía sus dibujos tempranos. Los guardó a lo largo de los años sin que Sophie se enterara. «Será una sorpresa para ella», le dijo, con la esperanza asomada a sus ojos.

Las ventanas se estremecen. Es el vuelo sostenido de un helicóptero. Alcanza a divisar su silueta de matapiojos recortada contra el cielo que palpita. Suena el teléfono. Es Diego. Hacen frente a un golpe de Estado. El presidente le pidió que fuera a los cordones industriales de Cerrillos. No podrá llamarla en varias horas. Le insiste en que no se mueva de ahí. Él estará bien. Todo saldrá bien. Se lo promete. Sus palabras son sucintas pero familiares, como el sonido de un interruptor que pone fin a la oscuridad. Un destello que dura apenas unos segundos, mientras puede aún oírlo.

Cuando ya no lo escucha, cuando han colgado, llegan las preguntas. Ella sabe que obreros y militantes han estado preparándose para esto, para resistir. El cordón Cerrillos y sus fábricas son una trinchera de batalla. ¿Por qué no le rogó que se viniera a casa, por qué no le dijo que ella y la niña lo necesitan?

Busca la hoja con el número de teléfono de Paula. Lo disca. Nadie responde. Se resiste a colgar. Quiere creer en la promesa de Diego de que todo estará bien, pero necesita que alguien le explique lo que está ocurriendo. Se da cuenta de que no tiene más conexión con él que esos seis números. Cuelga y los vuelve a marcar. Y así hasta que, extenuada, desiste.

Mira su vientre, sus pies han desaparecido bajo su volumen descomunal. Enciende la radio. Han bombardeado las torres de Radio Portales y Radio Corporación. Abre la ventana de la sala orientada hacia el centro de la ciudad y se sienta en la mecedora frente a ella. La mueve acompasadamente, obsesivamente. Su sonido parejo la sosiega.

Helicópteros surcan los cielos. La ciudad se agita.

Los minutos empiezan a adquirir una morosidad exasperante. Pasan sobre ella, aplastándola.

No sabe cuánto tiempo transcurre. En la radio el locutor informa que en el palacio de gobierno hay enfrentamientos. Cuarenta civiles armados acompañan al presidente.

Diego le ha dicho que los militares no se atreverán a cerrar el Congreso, que la lucha continuará en el marco de la democracia y la civilidad. Entonces, ¿por qué está él en la línea de fuego?

Desde la radio la voz del locutor llega en sordina: «El comercio está cerrando sus puertas», dice. Y de pronto el metal tranquilo de la voz del presidente: «Que lo sepan... que lo oigan... solo acribillándome a balazos podrán impedir la voluntad, que es hacer cumplir el programa del pueblo...». Un dolor eléctrico se instala en su pecho.

—Acribillándome a balazos —repite en un murmullo.

Otra vez el presidente: «En estos momentos pasan los aviones. Es posible que nos acribillen. Pero que sepan que aquí estamos, por lo menos con nuestro ejemplo, que en este país hay hombres que saben cumplir con la obligación que tienen...».

Pasa el tiempo. Piensa que nunca más podrá levantarse de esa silla.

En un rincón el teléfono se agita. Es su padre.

—Morgana, hija —dice con voz ansiosa—. ¿Estás ahí?

—¡Sí, papá, aquí estoy! —se ve obligada a gritar para dejarse oír en medio de los chirridos propios de las llamadas internacionales.

—¿Estás bien? —la familiaridad de su voz la desarma.

—Sí, estoy bien —responde, pero su padre no puede escucharla con claridad; entonces, le pregunta una vez más si está bien, y ella, con gran esfuerzo, grita que sí, que Diego ya vuelve, que no se preocupe.

—Un funcionario de la embajada irá a buscarte. Debes salir de Chile lo antes posible —dice su padre.

Un zumbido, como el de las caracolas al oído, le otorga una noción de la inconmensurable distancia que la separa de él. En medio de las interferencias le hace saber que no va a abandonar su departamento hasta que Diego vaya por ella. Tiene la certeza de que si sale de allí, Diego ya no podrá encontrarla, que se perderán para siempre.

—Morgana, no te escucho —grita su padre.

Se oyen unos repiqueteos, un silbido ahoga la línea y luego se corta. Espera algunos minutos. El teléfono vuelve a sonar. Antes de oír a su padre le advierte:

—No voy a moverme de aquí. Por favor, no insistas —su voz tiembla y suspira con volubilidad.

—Hija, es un golpe de Estado y corres peligro. Tienes que entenderlo.

Manuel la presiona. Debe velar por la vida que lleva en su vientre, después podrá reunirse con Diego en España, ella debe salir ahora, le dice.

—Papá, entiéndeme tú a mí. La cosa es así: no me voy a mover de aquí sin Diego. Si tenemos que salir del país, lo haremos juntos. Y si algún funcionario de la embajada intenta sacarme por la fuerza, me haré daño a mí misma. ¿Oíste?

Vuelven los chasquidos y nuevamente la línea se corta.

Su vientre emerge tirante en la apertura del pijama, venas azules lo recorren conformando una geografía propia. La niña late, se mueve, se asoma en la piel con sus protuberancias, anclándola a esa inmovilidad. Diego llegará en cualquier momento. Está segura de que lo hará.

En las calles, la multitud se aleja en silencio, presurosa por volver a casa. Quisiera caminar con todas esas personas, entrar con ellas en sus hogares, pedirles que la cobijen.

Por sobre los compases del *Stabat Mater* vuelve a escuchar la voz del presidente que llega hasta ella entrecortada: «La historia es nuestra y la hacen los pueblos... lealtad... anhelos de justicia... Constitución y ley... traición... granjerías y privilegios... alegría... espíritu de lucha... serán perseguidos... silencio... la historia los juzgará... siempre... más temprano que tarde... hombre libre... viva Chile... viva el pueblo... estas son mis últimas palabras... mi sacrificio no será en vano...».

Una parte de sí misma se niega a absorber sus palabras, a convertirlas en realidad. Cuántas veces nombraron el golpe militar, lo discutieron y temieron, hasta que de a poco se hizo un espacio en sus conciencias, pero no lo suficiente como para creer que ocurriría, porque dentro de lo posible había un rincón de lo imposible, y ellos estaban ahí, en ese ínfimo fragmento donde viven los sueños, donde nada ni nadie podría tocarlos. Mientras piensa esto, mientras resiste con todas sus fuerzas, cuatro aviones de combate, oscuros y macizos, rozan las cabezas de las cuatro torres con sus juegos de altura. Su sonido es el del viento amplificado millones de veces, el viento de «Preciosa» que, furioso, muerde.

Al cabo de unos segundos, a lo lejos, oye un estruendo sordo, como de piedras gigantes cayendo sobre una superficie dura. Una mancha de polvo, humo y materia se eleva en el cielo robado. «Diego», pronuncia, y se lleva las manos a la boca. Más estruendos. La nube se ensombrece, se hincha, se expande. Todo ocurre con lentitud, al compás de la música y su auspicio de muerte. Oye voces, alaridos, no sabe si de horror o euforia. A lo lejos cree divisar llamaradas que se agitan contra el fondo azul apagado del cielo.

Ve a Diego, escucha su risa, su voz enérgica y a la vez ilusionada, ve sus ojos enrojecidos tras las noches de insomnio, ve puños que se alzan, banderas rojas, blancas, azules. Y mientras las imágenes transitan por sus ojos cerrados, como las de una película antigua y muerta, las lágrimas caen por sus mejillas, su cuello, su pecho, y alcanzan su panza que late y cambia de forma ante los movimientos impetuosos de la niña.

Los militares han tomado el poder. En la radio repiten los bandos, las instrucciones, se establece el nuevo Estado. Los escucha uno a uno. Hablan de «anarquía», «desquiciamiento moral», «irresponsabilidad», «gobierno ilegítimo». El bando número 10 es una larga lista de personas que, de no presentarse antes de las cuatro y media de la tarde en el Ministerio de Defensa, quedarán fuera de la ley. Diego está en esa lista.

Un pensamiento opaca a todos los otros. Diego, en ese preciso instante, mientras ella se seca las lágrimas con la manga del pijama, experimenta su misma conmoción, sus mismas ganas de gritar, de revertir el tiempo, de imaginar que nada de esto está sucediendo, su mismo desgarro por la esperanza hecha trizas, por el horror venidero, por el colapso de un mundo. Su mundo. Un hilo de desolación atraviesa las calles vacías y llega a él. Ese hilo los mantiene unidos.

El presidente ha muerto. Ley marcial. Estado de sitio. Toque de queda. A las cinco de la tarde, la ciudad está vacía. Desde lo alto de su ventana ve los vehículos militares recorrer la avenida, algunos a toda velocidad, otros con la lentitud de los submarinos. La tarde se deja caer con su brisa. Intenta levantarse. Sus miembros están ateridos. Todo en ella está frío. Piensa que si alguien la tocara encontraría el filo del hielo.

Desde la radio escucha una voz gangosa, de modulación seca y primitiva: «Sacar al país del caos, la Junta mantendrá el poder... las Cámaras quedarán en receso... hasta nueva orden. Eso es todo».

Ha llegado hasta el teléfono. Marca una vez más el número de Paula. Necesita hablar con alguien, necesita escuchar una voz. Pero la campanilla repica al otro lado y resuena en sus oídos como en una bóveda vacía. En la cocina se prepara otro café negro. No quiere dormirse. Esperará alerta hasta que el teléfono suene. Hasta que Diego retorne a casa. La ciudad a lo lejos se ilumina y oscurece como un barco. Se lleva la taza hirviendo a una de sus mejillas. Duele. El ascensor ha enmudecido. Por la ventana abierta le llegan ráfagas del hedor del río. Detiene la mirada en el moisés que desde un rincón de la sala emite un resplandor blanco y suave. Un artesano lo tejió en mimbre para la niña. Recién ayer terminó de bordar en su interior unas estrellas azules. De tanto en tanto, en el silencio, se escucha el estallido apagado de las balas, el repiqueteo de las ametralladoras con su cadencia feroz. Pasa el tiempo, aturdido y hueco, como si estuviera deshabitado.

Un paño cae lentamente y atraviesa, rumbo al suelo, el ventanal de la sala. Al asomarse descubre que es una bandera chilena que alguien ha arrojado ventana abajo. La tela se extiende y se comprime, se infla y se ahueca con lentitud, con indolencia, al tiempo que desciende alternando sus colores, azul, blanco y rojo, hasta volverse una mancha inerme en el pavimento de la calle. De vuelta en su puesto de vigía, exhausta, se abandona a una pesada modorra. Espera. Escucha el crujido de la mecedora y repite en susurros: Diego, Diego, Diego, Diego, diez, veinte, treinta, cien veces.

Entristefeliciéndose

Morgana dormita en la mecedora mientras el tiempo transcurre a golpes. Un día y una noche escuchando cada rechinar del ascensor, las sirenas y los carros blindados que surcan la avenida. No ha querido recostarse en su cama por temor a no oír el teléfono cuando suene. Su padre llamó varias veces para intentar convencerla de partir, y cada vez, ella se mantuvo firme en su decisión de permanecer ahí hasta que Diego volviera por ella.

Depende del café negro para no hundirse en la inconsciencia del sueño. La embarga una profunda languidez. No siente hambre ni frío. Por momentos tiene la impresión de que su biología se ha detenido. Sabe que debe alimentarse, por la niña, pero las arcadas de los primeros meses de embarazo vuelven a atacarla. En las horas de desvelo le escribió una carta a Sophie. Recordó las palabras que inventaban: sueñorealidasear, entristefeliciéndose, enmierdonubecelar. Necesitaban palabras nuevas que nombraran su mundo, y cada una de ellas las unía más profundamente. Intentó inventarlas una vez más para alejar el miedo, pero fue inútil. Los sonidos solo aumentaron el desconcierto y la extrañeza.

Cuando suena el timbre tiene las piernas dormidas por las horas de inmovilidad. Al otro lado de la puerta alguien la llama por su nombre. No sabe si la voz que proviene del pasillo es real o materia de sus ensoñaciones.

—¿Eres tú, Paula? —pregunta en un registro bajo.

—Vengo a buscarte.

Las lágrimas se deslizan por sus mejillas, lentas, gruesas. Abre la puerta. Se abrazan.

—Mírate, estás hecha un desastre —ríe Paula.

—¿Y tú? —replica Morgana, secándose los ojos con los nudillos.

Paula, sin peluca, el cabello cortado a tijeras, los labios finos e incoloros y la garganta indefensa, tiene la desfachatez y la franqueza de un chico.

—Ya ves, no necesito cambiar de apariencia, tan solo volver a ser yo —dice sonriendo—. Tenemos que salir pronto de aquí —señala con seriedad.

Le explica que Diego es uno de los veinte hombres más buscados de Chile.

—Vendrán por ti, Morgana. Tú eres el camino más directo para llegar a él. Está a salvo, pero no puede ponerse aún en contacto contigo —le dice, y cuando Morgana intenta averiguar más, Paula la detiene con sequedad.

La mujer que había permanecido oculta bajo las pelucas, sin dejar de ser cálida, es ahora implacable. Mientras Morgana se viste, Paula le pide la llave del departamento de Diego. Debe sacar de ahí documentos que no pueden caer en manos de los militares.

Morgana asiente dócil, silenciosa. Todo le parece tan grande que le es difícil abarcarlo. La grave dimensión de los hechos, en lugar de avivarla, de atizar sus sentidos, la adormece. Hace una maleta para Diego y otra para ella. En la suya introduce con cuidado la ropa y enseres esenciales de la niña. En la de él echa los cuatro libros que leía, ropa y, dentro de un sobre, los últimos poemas que ella le copió de Anne Sexton. Recuerda las veces que él, con su sonrisa de superioridad, declaró que el carácter íntimo y confesional de su poesía la hacía una poeta menor, y cómo, frente a la evidencia de sus versos, su juicio fue cediendo.

Mientras cierra la maleta, las piernas le fallan y cae al suelo. Entonces, todo el peso de lo real se viene sobre ella. Actúa como si hubiera una continuidad. Siguiendo esa lógica, el momento en que Diego encuentre los poemas debe por fuerza llegar. Pero de pronto entiende que han caído en un tiempo y en un espacio donde la razón ya no funciona. Cabe la posibilidad de que nunca vuelva a verlo.

La niña, desde el centro de su vientre, comienza a golpearla, a exigirle que reaccione. Pero sus patadas la hacen sentirse aún más débil. Así la encuentra Paula al volver del departamento de Diego, de rodillas en el suelo, la cabeza apoyada sobre el borde de la cama y los ojos cerrados.

A la hora de partir, Morgana saca fuerzas y, contra la voluntad de Paula, se lleva consigo su orquídea. Paula la conduce a casa de Nena y Roberto, una pareja de médicos que se ha ofrecido a esconderla. Antes de llegar le advierte que ellos la conocen por el nombre de Carolina Cortés, saben que espera un hijo y que corre peligro. Eso es todo. Razones suficientes para ayudarla.

Nunca antes la han visto; no obstante, la acogen con la familiaridad que se profesan los antiguos amigos. Se sientan en la sala. Una estancia amplia —decorada con objetos traídos de diferentes partes del mundo— a través de cuyos ventanales se divisa un extenso y cuidado jardín. Mientras hablan, Amalia, su hija de cinco años, toca su vientre. Roberto dice que ha escuchado de buena fuente que por las calles vacías, en el toque de queda, circulan camiones llenos de cadáveres. También, que aviones de la Armada han arrojado bombas sobre la población La Legua. Morgana, al escucharlos, siente que desfallece. Mira a Paula. Ella niega con la cabeza.

—Él no está en La Legua ni en uno de esos camiones —dice.

Paula parte pronto. A la seis de la tarde, las calles con sus banderas chilenas colgadas de las ventanas se vacían. Ven las noticias en la televisión de la sala. Las celebraciones en las casas vecinas los ahogan con su jolgorio.

Por la noche la persigue la imagen de un general Pinochet con la boca comprimida y los ojos ocultos tras un par de anteojos negros. En su desvelo escucha las risas y las explosiones lejanas que van siendo engullidas por el silencio. El Santiago de Diego, la ciudad donde él partía cada mañana, está agazapada en el otro extremo del río. Piensa que es incapaz de sentir más desolación. Para combatirla trata de abrir un claro en sus pensamientos donde asentar algún recuerdo. Intenta pensar en su padre, imaginarlo en el ocaso, su hora más preciada, cuando después de los avatares del día abría un libro sentado en su poltrona. Luego, ensaya a evocar los recuerdos tempranos junto a Diego, su primer encuentro en el ascensor, la playa, el velero que cruzaba el horizonte cuando se tocaron por primera vez, pero las imágenes se le presentan rígidas, desodorizadas, como si en lugar de su vida provinieran de una película.

*

Despierta en una cama angosta, de sábanas suaves y dibujos de flores. A través de una ventana empalmillada ve una luna blanca, inmóvil en un cielo fugitivo. Por un instante no sabe dónde se encuentra. El cuarto es de color rosa y una larga cinta de hadas recorre sus muros danzando. Desde una repisa, ocho ojos azules la miran con la expresión vacía de las muñecas. Está en la habitación de la hija de Nena y Roberto. En un rincón, junto a un oso de peluche gigante, su orquídea duerme.

De niña solía imaginar que era otra cosa, lo que fuera, el fin era no estar presente. En ocasiones, mirando una piedra, soñaba que era esa piedra, dura, insensible, o el espejo de la sala, siempre atento, siempre cambiante. Ahora podría imaginar que es una orquídea y así no tendría que cargar con su panza que se contrae y extiende desde la medianoche, cada vez con mayor frecuencia, cada vez con mayor hondura. Nunca le ha temido al dolor físico, por eso sabe que puede resistir. Pero una nueva contracción, más dolorosa que las anteriores, la obliga a reincorporarse. Camina descalza por el cuarto respirando hondo. En cada inspiración nota que el dolor cede un poco. Se concentra en el sonido que emite su boca al exhalar lentamente. Un día despejado comienza a emerger del cielo azul raso. Camina tres pasos y luego se da la vuelta, repite este movimiento varias veces, al tiempo que los ojos de las muñecas la siguen con sus expresiones deshabitadas. De pronto, una contracción muchísimo más dolorosa que las anteriores la dobla en dos. Se sienta en el borde de la cama e intenta respirar rápido, exhalando con fuerza. Por primera vez en mucho meses, no siente miedo, ese miedo que, a pesar de sus intentos por controlarlo, se le escapaba por la voz, por los ojos, por los dedos trémulos, invadiendo todo a su alrededor.

Al cabo de unos segundos ve el rostro adormilado de Nena asomándose a la puerta. Debió escuchar sus gemidos.

—¿Estás bien? —le pregunta, mientras se sienta junto a ella y toma su mano. Su voz la envuelve como un abrazo.

—Creo que voy a tener este bebé ahora —declara Morgana, intentando forzar una sonrisa.

De reciedumbre y de nobleza

Mientras la mira dormir en su regazo, Morgana piensa que, a pesar de todas sus dudas y aprensiones, la niña fue haciéndose a sí misma, valerosa y silenciosamente. Tejió sus pulmones, sus orejitas y su boca, organizó sus dedos. Esta noción, que apareció dentro de un cerco de luz, hizo que todo cambiara. Y entonces la amó. La ama por su tenacidad, por su perfección, por su belleza minúscula. La ama porque es suya. Ama ese pequeño cuerpo que late y respira sobre su pecho.

Nació a las siete y diez de la mañana. Una de las enfermeras le dijo que nunca le había tocado presenciar un parto tan fácil. Cuando se la pusieron en el regazo, la niña buscó su pecho sin tardar.

Una gruesa cortina color crema está cogida a ambos costados de la ventana, a través de la cual la luz entra como un polvo blanco. En los barrotes metálicos de la cama, en las paredes blancas y vacías, centellea el sol de la mañana. Nena y Roberto la trajeron hasta aquí, la clínica donde ambos trabajan. La ingresaron con su nombre ficticio sin necesidad de acreditarlo. Por la tarde, Paula le entregará los documentos de su nueva identidad. La niña mueve uno de sus pies y dormida parece suspirar.

—¿Por qué suspiras? —le pregunta Morgana en un susurro—. ¿Qué piensas? ¿Qué hormiguita o ratoncito cruza tus ojos?

Recuerda el poema que Anne Sexton escribió para su hija Linda. Apenas esté de vuelta en casa de Nena, lo copiará para ella. Con el dedo índice roza sus párpados y luego su frente, y continúa por las diminutas protuberancias de su cabeza.

—Te tengo que confesar algo, preciosa mía —prosigue murmurando—. Más vale que lo sepas ya. Yo no puedo prometerte mucho. No puedo prometerte que serás feliz.

Los ojos le escuecen. Se acomoda en los cojines para espantar la tristeza. Ahora, la luz ilumina aún más vivamente la habitación. Toma su pelo y con un lápiz que encuentra en la mesilla de noche, lo sujeta bajo su nuca.

Fija la vista en la ventana donde nubes blancas y deshilachadas se mueven con lentitud. En su reducto no entran los sonidos de la clínica. El ambiente es tan suave que por un momento olvida sus tribulaciones. Lo único importante en el mundo es que la niña, cuando despierte, vuelva a pegar los labios en su pecho.

Alguien toca a su puerta. Sin esperar a ser invitada, una pareja entra en la habitación. El hombre trae un ramo de flores en las manos tras el cual su rostro desaparece. El atuendo convencional de la mujer le recuerda a su madre. Falda plisada, chaleco azul de cachemira, camisa blanca y zapatos de tacones bajos. Tras un grueso maquillaje y una peluca reconoce a Paula. Su corazón se agita. Pero pronto su mirada está sobre el hombre que tras unas gruesas gafas, terno negro y bigote, la mira con los ojos empañados. Él cruza un dedo sobre su boca con rapidez para evitar que Morgana grite. Paula la saluda con ternura y le pregunta cómo está. Luego, anuncia que irá abajo, a la recepción, que ya vuelve. Cierra la puerta y los deja solos.

Diego se sienta a su lado, en el borde de la cama. Toma la mano de Morgana entre las suyas sin despegar los ojos del perfil dormido de la niña sobre el pecho de su madre. El pezón oscuro tiene aún rastros del líquido blanquecino que ha estado succionando.

—Es preciosa —murmura Diego—. Es preciosa —repite.

Reclina la cabeza sobre el hombro izquierdo de Morgana y la rodea con un brazo. Ella quisiera largarse a llorar, pero se contiene. Diego recorre suavemente las facciones de la niña. Permanecen en silencio. Morgana acaricia su pelo, ahora más corto. Él levanta la cabeza y la mira. Le dice que su belleza es diferente, que su rictus retador y disconforme se ha atemperado, y que en su lugar la envuelve una dulce quietud. Morgana bromea sobre la nueva apariencia de él y ambos ríen.

—Ahora podemos llamarla por su nombre —declara Diego de pronto—: Antonia.

—Sí, Antonia —conviene ella.

El nombre de Antonia surgió en uno de sus paseos por el Parque Forestal. Morgana quedó prendada de su simplicidad y de su potencia cuando Diego lo señaló. Antonia de reciedumbre y de nobleza.

De pronto, Diego la estrecha con fuerza. Su intensa cercanía la estremece. Levanta el rostro y al mirarlo a los ojos reconoce en ellos su mismo asombro. Morgana nota que, a pesar de la desgracia y el miedo que los acecha, en su abrazo está contenida la felicidad que se brindan el uno al otro. Entonces, se pregunta si acaso este momento no será el más feliz de su vida. Tal vez se trata simplemente de decirse a uno mismo: sí, este es el momento más feliz de mi vida, una convicción que al asentarse se abre a otros instantes venideros, aún más felices. Aunque quizás se trate de lo contrario. Al atrapar el momento bajo un rótulo como ese, se inviste de una luz que ningún otro podrá equiparar. Es posible entonces que la única forma de proteger la felicidad sea ignorándola.

La casa

Atraviesan calles de construcciones bajas que parecen inacabadas, muros cuyos mensajes superpuestos se han vuelto incomprensibles, sitios baldíos donde el sol reverbera con sus espejismos. Paula conduce su Peugeot 404 y mira el reloj de tanto en tanto. Morgana, a su lado, lleva a Antonia en los brazos. Para hacer tiempo, Paula da una vuelta y luego otra más larga, evitando transitar las mismas calles. En las aceras, las personas van y vienen. Morgana piensa que cada una de ellas se encamina hacia algún lugar determinado y lleva consigo un propósito. Una cotidianidad que sigue su curso y de la cual ella ya no forma parte. Su vida es ahora un continuo cambio.

Por las noches, en el refugio de turno y con Antonia en los brazos, escucha el estallido apagado de las balas lejanas. Entonces, en la oscuridad, la abraza con más fuerza, intentando administrar su amor, su odio y su miedo. Paula es su ángel guardián. Es así como la llama: «mi ángel de la guarda». Y ahora, mientras conduce, Paula la mira de reojo con su expresión prudente, que no sonríe, pero que nunca la abandona. Morgana lleva anteojos oscuros y sus largos rizos han desaparecido. Una melena lisa y corta que cae a lado y lado de su rostro le otorga una apariencia austera y tenaz. Ha llegado la hora. Paula da una última vuelta y enfila hacia el lugar acordado. La calle desierta está sumida en una tensa espera. Deben aproximarse con cautela al automóvil que lleva a Diego, y si este no se detiene es que existe algún peligro. Una citroneta asoma la nariz desde la siguiente esquina. Se acerca a ellas y estaciona al otro lado de la acera.

—Ahora —señala Paula.

Todo sucede con rapidez. Morgana estrecha a Antonia, toma su bolso, baja del auto y corre hacia la citroneta. Antonia despierta con los movimientos bruscos de su madre y se larga a llorar. En unos segundos están junto a Diego en el asiento trasero del automóvil. Con la vista puesta en la calle, él oprime su mano sin decir palabra, mientras el conductor se aleja precipitadamente. El llanto de Antonia parece amplificarse en el reducido espacio. Diego lleva un terno café, corbata y pulcro bigotito de galán de los años cincuenta. Bajo la estructura rígida de su atuendo, su cuerpo se ve disminuido. Sus facciones están tensas y su piel pálida pareciera no haber visto la luz en mucho tiempo. Antonia continúa llorando. Es la primera vez que se encuentran desde aquella mañana en la clínica, treinta y cuatro días atrás. Morgana acerca a Antonia a uno de sus pechos y la niña succiona con fruición. No ha seguido las indicaciones de Nena, quien, con paciencia, le explicó la forma de ordenar el sueño y las comidas de Antonia. Morgana está siempre para ella. Es el ancla que hace posible la vida, que impide que todo se pierda en la deriva.

El cielo, cansado tras un largo día estival, se está cubriendo, y un velo vespertino flota sobre los aleros de los tejados. Un par de cuadras más adelante, Diego le pide que cierre los ojos. Morgana deja caer la cabeza sobre su hombro. Él pasa su brazo por sobre el suyo y la estrecha. Morgana oye el silbido casi imperceptible que emiten sus pulmones. El auto da vueltas, se detiene, continúa. Advierte la humedad que se asienta entre su cabeza y el hombro de él, el sudor de uno y del otro encontrándose. La citroneta se ha detenido. Ya puede abrir los ojos, pero es mejor que no mire la calle, le dice Diego. Mientras menos información tenga de su paradero, estará más segura. Aun así, alcanza a ver el pequeño antejardín de la casa, donde la sonrisa de un enano de arcilla les da la bienvenida. Al entrar, un aroma a café golpea sus narices, produciendo una ilusión de normalidad. Una mujer, de edad incierta y cabello recogido en una cola de caballo, corta trozos de pan en la cocina. La mujer la mira de soslayo y los saluda con un gesto de la cabeza.

—La compañera Ana —la presenta Diego—. Ella es la dueña de casa, aunque aquí todos cooperamos, ¿no, Ana?

La mujer afirma que sí con una sonrisa de dientes blancos y parejos.

Diego la conduce por un pasillo cuya inquieta penumbra serpentea la casa. En el fondo se escuchan voces. Frente a una pequeña ventana, Diego abre una puerta y la hace pasar a una alcoba con un camastro y un escritorio cubierto de papeles y libros. Una oveja de peluche los mira desde la cama.

—Es todo lo que conseguí —dice Diego, extendiendo los brazos a modo de disculpa.

—Le va a gustar mucho, amor, es su primer peluche —dice Morgana, mientras pasa la mano por la piel sintética de la oveja.

Se sientan en el borde de la cama, Morgana acomoda a Antonia sobre una almohada blanca, y Diego besa su rostro dormido. La observa, toma una de sus manitas, intenta abrir sus minúsculos dedos que están cerrados contra la palma, la vuelve a besar.

Por la ventana, en el reducido espacio que dista entre la casa y la pandereta, Morgana divisa un árbol escuálido que se recorta con la nitidez simple del dibujo de un niño. Aun así, la visión de sus hojas estremeciéndose la reconforta.

—Yo lo planté ahí —menciona Diego cuando nota su mirada detenida en el árbol—, estaba en el patio de atrás, muriéndose. Pensé que cuando vinieras te gustaría ver algo verde y vivo. Aunque lo más probable es que la próxima vez que nos encontremos yo ya no esté aquí —susurra, para proteger su precaria intimidad. Morgana despierta a Antonia con sus caricias.

—Quiero que veas sus ojitos —musita.

Antonia mueve las manos, las piernas, y bosteza con los ojos abiertos. Diego la toma entre sus brazos, la mece, y al cabo de un momento ella vuelve a dormirse.

—Oye, me encanta tu nueva apariencia —observa él, cogiendo la barbilla de Morgana y mirándola con fijeza. Besa su boca. Es un beso corto que los estremece.

—Pero no soy yo.

—Ni yo soy yo —replica Diego, y ambos ríen.

—El señor y la señora Nadie —murmura ella.

—No. El señor y la señora Alguien —dice él sonriendo.

Diego se recuesta a lo ancho de la cama y la abraza. Morgana descansa la cabeza sobre su pecho. Con los dedos ella recorre sus costillas enflaquecidas, dibuja círculos en sus ojos cerrados y sonrisas en su boca.

Desde alguna habitación llegan las voces de los *compañeros*, mientras que a la distancia se escuchan los ruidos de la calle: un perro que ladra, el silbato de un afilador de cuchillos y, más lejos aún, el zumbido de la ciudad que se une al largo suspiro de Morgana. Cierra los ojos. La silueta oscura del árbol se fija en el fondo de sus pupilas con obstinada mudez. Escucha el corazón de Diego en su oído. Antonia duerme a su lado. El tiempo se detiene. Él le pasa la mano por el pelo. Cuando abre los ojos se encuentra con su sonrisa bajo la cual yace algo que desconoce. Entonces se da cuenta de que, como el suyo, el cambio de Diego es mucho más profundo que el de su apariencia. Siente ganas de llorar por el amor que la embarga, por la impotencia y la transitoriedad de todo. El futuro, el próximo minuto incluso, son inciertos. La única certeza es que están aquí, uno junto al otro, respirando.

—Tienes que salir de Chile, amor —dice Diego con voz queda—. Paula nos dijo que tus padres lograron que la embajada de España accediera a asilarte.

—Por ser española e hija de un franquista. No, Diego, no voy a salir sin ti.

—Yo por ahora no puedo. Hay mucho que hacer. Pero tú tienes que salir. Por Antonia.

—No sin ti —insiste Morgana.

—Basta con que alguien hable para que tú también te vuelvas una de las personas más buscadas de Chile.

Ella cruza su boca con un dedo para evitar que siga hablando. Se tocan, se reconocen sin un suspiro, sin un jadeo. Se enzarzan en un abrazo. Morgana advierte la dureza de Diego contra su vientre. Cuando se monta sobre ella, el pasillo exhala un ruido ahogado. Pasos enérgicos se asoman y reculan. Las voces aumentan su intensidad. Diego se desprende, escucha atento, su ceño aún más profundo, los ojos cansados fijos en la puerta. La tarde se quiebra y en sus grietas aparece la oscuridad con sus destellos helados. El cuarto se presenta con su desnudez y su provisionalidad. Antonia, en el rincón de la cama, cruje imperceptiblemente. Cuando los ires y venires en el pasillo se detienen, Morgana vuelve a abrazarlo. Lo besa. Retarda cada gesto, avanza con su tacto, busca su sexo laxo. Imagina con optimismo que nada ha cambiado, que ella sigue siendo la joven caprichosa que puede torcer el rumbo de los acontecimientos. Lo ayuda con sus manos y luego con su boca a recuperar la reciedumbre perdida. Lo intenta con ímpetu, con desesperación incluso, pero es inútil.

Diego la detiene. Un tono más decrece en la tarde. Si no fuera por sus ojos húmedos y enrojecidos, tal vez podrían aparentar que nada ha sucedido. Pero ambos sienten una pena insoportable, una tristeza que las palabras son incapaces de mitigar, y que solo hubieran aligerado haciendo el amor. Morgana, con la garganta y los puños apretados, piensa que ha aprendido algo nuevo. Las tristezas no son todas iguales. Las hay atravesadas por el miedo, el odio, la desesperanza, y las hay también puras, aquellas que se extienden por todo el cuerpo, violentas, profundas. Diego se reincorpora. Los pasos y las voces en el pasillo se reanudan. Un hombre toca a la puerta. A unas pocas cuadras de la casa, un barrio ha quedado cercado, les dice. Están allanando, Morgana debe salir de ahí, también Diego, pero no juntos.

*

La intempestiva salida interfiere en los tiempos acordados con Paula. Morgana la espera hasta avanzada la tarde en una casa a la cual la han llevado. Por eso ahora el Peugeot se mueve a toda velocidad, saltando en los baches, cruzando los barrios de la periferia que comienzan a vaciarse ante la pronta llegada del toque de queda. Los camiones militares circulan con sus panzas cargadas de cascos negros. Al llegar al centro de la ciudad advierten que, unos metros más adelante, una patrulla está deteniendo a los automovilistas.

—Si nos damos la vuelta nos convertiremos en sospechosas —dice Paula—. Tenemos que seguir. Lo puedes manejar, ¿verdad? No digas nada, solo haz lo que ellos te indiquen. Antonia, la pequeña Antonia, nos protegerá.

Cuando pasan frente a la patrulla, un militar las detiene y les indica que se bajen. Siguiendo sus órdenes, Paula levanta los brazos y los pone sobre el techo del Peugeot. Con un brazo, Morgana aprisiona a Antonia contra su pecho, mientras que con el otro imita a Paula. La niña comienza a llorar. Un soldado registra el interior del coche, la guantera, bajo los asientos, la cajuela. Tras sus espaldas escuchan risas, chanzas, gritos. Advierte el aliento de un hombre deslizarse por su cuello y siente asco. Al tiempo que intenta apaciguar a Antonia, Morgana mira a Paula, quien, con los ojos fijos al frente y sin moverse, no percibe su llamado de auxilio.

En los inmuebles vecinos, las ventanas están en penumbras. Da la impresión de que sus habitantes intentan ocultar su existencia; al igual que los escasos transeúntes, que, sin mirar hacia el lugar donde las dos mujeres han sido detenidas, apuran el paso y desaparecen en la oscuridad de la calle.

—¿Y esta mierda qué es? —escuchan de pronto el grito agudo de un soldado.

Una peluca de largo cabello negro cuelga de su mano como una cabeza decapitada. Los gritos del soldado se vuelven más enérgicos, mientras que, tras ellas, continúan las risotadas.

—Respóndanme, qué chucha significa esto. ¿Acaso son terroristas? ¿Ah?

Paula no emite palabra y el grupo de soldados que guardaba una cierta distancia se aproxima a ellas, creando una tenaza de cuerpos a su alrededor.

—Tengo cáncer —dice Paula sin voltearse. Se pasa una mano por la nariz con fuerza, en un gesto casi masculino, y continúa—: Estoy en tratamiento, en un par de semanas estaré pelada.

—Súbanse al auto, rápido, antes de que las agarremos de nuevo. Esto se queda aquí —indica el hombre, levantando la peluca—. Se la vamos a dar al mariconcito de Cuevas —exclama, dirigiéndose a los soldados, quienes explotan en unas carcajadas que las persiguen cuando se suben al auto, cuando Paula aprieta el acelerador, y continúan pegadas en sus tímpanos, sin soltarlas por un buen rato.

Más adelante, en la esquina de Los Leones con Providencia, ven una gran fogata en el centro de la calle y ralentizan la marcha. Un grupo de soldados alimenta las llamas con libros que sacan de una pila. Las letras arden y se retuercen contra el fondo bajo y opresivo de la noche. El humo que asciende envuelve el ambiente en un halo de irrealidad. Ambas mujeres se miran. Morgana oprime con fuerza la mano de Paula que, aferrada al volante, aún tiembla, mientras Antonia dirige su parloteo a la luna que se asoma por la ventanilla.

El infinito es siempre azul

Sus padres llegaron desde España esta mañana. Paula consideró que lo más seguro era que se encontrara con ellos en el hogar de la familia donde está refugiada. Han transcurrido trece meses desde la última vez que los vio, y sus presencias le hacen pensar en un faro que, a lo lejos, le indica la inconmensurable distancia que la separa de la zona de seguridad de su niñez.

Mientras los dueños de casa, Isidoro y Eliana, juegan con sus niños en el jardín, sus padres y ella transitan por una conversación llena de callejones oscuros. Manuel y Elena quieren saber dónde ha estado, cómo se las ha batido. Pero son pocas las respuestas que ella puede darles sin poner en peligro su seguridad, la de Diego y la de tantos otros.

Después del almuerzo, Morgana le muestra a su madre el cuarto donde se está quedando con Antonia. La niña balbucea en su coche bajo un halo de luz. Morgana la mira y por un momento recuerda su alegría inocente que de niña nunca se quebraba. Le enseña a su madre la orquídea ya sin flores, maltrecha y desfalleciente. También, el poema que Anne Sexton le escribió a su hija, y que ella transcribió para Antonia.

—Papá se volvería loco si supiera que el primer poema de su nieta es de una norteamericana deslenguada —le dice, y ambas ríen.

Elena se reclina para mirar el interior del moisés de mimbre. Un universo blanco y suave donde brillan las estrellas azules que Morgana le bordó.

—Qué preciosas —señala su madre.

—Dicen que el infinito es siempre azul —comenta Morgana, intentando otorgarle ligereza a sus palabras.

Elena alza la vista. Sus ojos se han humedecido. Se abrazan sentadas sobre la cama.

—Ahora que soy mamá he pensado mucho en ti —susurra Morgana sin desprenderse de su madre.

—Yo no me merezco esto, hija —declara con voz quebrada.

Las palabras de su madre rompen el hechizo. Todo continúa en el lugar truncado de siempre. El ramalazo de rabia que sintió infinidad de veces a lo largo de su vida vuelve a aguijonearla. Aun así, lo que antes no podía soportar —la incapacidad de su madre para salirse de sí misma—, ahora apenas le deja un resabio amargo. Puede incluso llegar a entender la cadena de circunstancias que la volvieron una víctima profesional.

—Estaré bien —le asegura con voz firme. Y se sorprende enjugando con sus dedos las lágrimas que escurren por las mejillas aún tersas de su madre.

De vuelta en la sala, su padre la invita a dar un paseo. Quiere hablar con ella, le dice, y Eliana, la dueña de casa, les sugiere que caminen hacia la plaza del barrio, que está a solo un par de cuadras.

*

Manuel y Morgana pasean cogidos del brazo por los senderos de maicillo de la plaza. Lejos de la tensión que su madre instaura con su carácter nervioso, Morgana le cuenta a su padre lo que ha sido su vida en el transcurso de estos meses. Le habla de Paula, sin nombrarla, de su estrecha amistad, de todas las personas que la han ayudado, de cómo de pronto tuvo que abrir los ojos, salir de ese estado de inconsciencia y ensueño donde había vivido hasta ahora. Pero no le habla del miedo.

—Imagino que entre tanto cambio para allá y para acá, no habrás perdido a Lorca, ¿verdad? —inquiere Manuel.

La pregunta de su padre le resulta inesperada. Sería muy largo explicarle las razones por las cuales le regaló el libro a Sophie, sin saber siquiera si ella lo guardaría o lo botaría a la basura.

—No, no lo he perdido, pero tengo que confesarte algo —afirma para distraerlo—. Te he traicionado —al ver la conmoción en el rostro de su padre se larga a reír—. Tus poetas españoles no son los únicos poetas en el mundo.

—Lo son para mí —replica Manuel con una expresión seria, tras la cual se asoma una sonrisa.

Una pelota llega hasta sus pies. Morgana la recoge y la lanza con fuerza hacia el grupo de niños que la aguarda impaciente. La luz veraniega está suspendida en el aire. Todo habla de buenas intenciones, de sensatez: las risas infantiles que los alcanzan desde los juegos, las mujeres que cotillean en las banquetas sin dejar de mecer los coches de sus hijos, las jóvenes que se pasean frente a los chicos que fuman bajo los árboles. Una cotidianidad que Morgana había olvidado. Respira profundo. El aire se ha vuelto más liviano. A pesar de eso, de súbito todo le parece una gran farsa. La ciudad sigue su curso imperturbable, decidida a ignorar las persecuciones, los fusilamientos, la tortura.

—Tú ya sabes que la razón por la cual hemos venido hasta aquí con tu madre es porque queremos llevarlas a ti y a Antonia con nosotros. Deben salir de este país —declara Manuel.

—Y tú sabes que eso no es posible, papá. Yo no voy a dejar a Diego y él no va a partir. Es muy simple y está decidido.

Discuten. Morgana argumenta que no son los únicos, que hay decenas de parejas que viven en la clandestinidad, tienen hijos, constituyen familias, ¿por qué no ellos? Manuel desespera, despliega sus dotes de oratoria, pero Morgana escucha apenas sus argumentos. No quiere concebir la posibilidad de sucumbir ante el miedo y terminar aceptando la propuesta de su padre.

Cuando inician el camino de regreso, el cielo comienza a cubrirse de un resplandor púrpura.

—Lo intentaré, pero no puedo prometerte nada, papá —afirma Morgana.

Por ahora ha aceptado hablar con Diego. Tal vez, Manuel está en lo cierto. Desde el extranjero, la labor en contra de la dictadura puede ser más eficaz.

—De verdad lo intentaré, te lo prometo, pero quiero que tengas esto muy claro: si Diego no acepta, nos quedaremos con él.

Isidoro y Eliana los aguardan en el porche de la casa. Eliana se refriega las manos, y al verlos llegar entierra la mirada en los pastelones del acceso. Isidoro los mira con una expresión apesadumbrada. Junto a ellos están su maleta, la cuna y la orquídea ya sin flores. Unos pasos más atrás, su madre mece a Antonia en los brazos.

—¿Qué ha ocurrido? —pregunta Morgana sin perder la calma.

—Los estábamos esperando. Han atrapado a Paula —señala Isidoro con un suspiro seco—. No puedes quedarte aquí. Ella sabe dónde estás. Te llevaremos a otro lugar y tiene que ser ahora.

Morgana siente el brazo delgado de su padre rodear sus hombros.

—¿Le dijiste? —escucha decir a su madre.

—Sí, Elena —responde Manuel—. Pero no discutamos eso ahora. ¿Dónde la llevarán? —pregunta, dirigiéndose a Isidoro.

—Nosotros la dejaremos en casa de unos amigos, pero ese no será su destino final —responde él, al tiempo que coge la maleta de Morgana—. Tenemos que irnos —agrega.

—Antonia debería irse con nosotros al hotel, estará más segura —señala Elena.

—¡No! —exclama Morgana, ocultando apenas su violenta emoción—. Antonia se queda conmigo. Necesito un segundo, por favor —agrega, y entra en la casa precipitadamente.

Mira a través de la ventana del recibidor hacia un patio de luz cubierto de piedras. Respira rápido, una y otra vez. En el centro crece un granado. Sus hojas que vibran con el aire, como las del árbol del refugio de Diego, inspiran serenidad. Recuerda el casco ralo de Paula. Agita la cabeza a un lado y a otro. La luz de la tarde brilla entre las piedras. Se pasa ambas manos por el rostro y sale.

—Ya podemos irnos —dice.

Y de pronto el silencio

La citroneta se mueve por calles casi vacías. A las tres de la tarde el sol lo envuelve todo, escondiendo dentro de su luminosidad blanca los detalles que le dan nombre a las cosas. Unas pocas siluetas surgen flotando a lo lejos y luego desaparecen bajo la luz. El chico que conduce y la lleva hacia Diego se llama Camilo, como el amigo de Sophie. Aunque lo más probable es que ese no sea su nombre. Además, su apariencia desgarbada y quebradiza no coincide con la descripción del hombre vigoroso y atractivo que Sophie solía hacer de él. Es la primera vez que estará sin Antonia por más de dos horas y ya la extraña. Accedió a dejarla con sus padres en el Hotel Carrera, donde se hospedan. Ellos argumentaron que no podía seguir exponiendo a su hija a los peligros de la clandestinidad, y ella no tuvo más alternativa que aceptar sus aprensiones. Las calles se prolongan en forma indefinida, el calor avanza y el día parece hincharse, dejando cada vez una franja más pequeña de aire.

—Vamos a pasar junto al auto donde viene el *compañero* —le dice Camilo mientras mira la hora en su reloj. Morgana huele su aliento a tabaco—. Faltan aún unos minutos. Tendremos que dar una vuelta más.

—Gracias —dice ella en un susurro.

Camilo no responde. Tal vez no la ha escuchado, y si lo ha hecho no dirá nada, porque cualquier respuesta suya a ese «gracias» lleno de significados podría dar pie a una conversación que deben evitar. Camilo enciende la radio. Un hombre de voz anodina lee uno más de los comunicados con los que desde el 11 de septiembre la Junta Militar establece sus reglas. Prohibiciones, listas de hombres y mujeres con orden de arresto.

Morgana ha ensayado decenas de veces la forma en que le planteará a Diego la necesidad de partir. Al principio, a pesar de haberle prometido a su padre que lo intentaría, no lo pensó como una posibilidad digna de ser considerada. Pero con el pasar de los días la idea ha ido creciendo, hasta que la esperanza se instaló entre sus costillas con sus equívocas alas. Salir de Chile, comenzar una vida para ellos y para Antonia lejos del miedo. Está todo planeado. Un automóvil viajará desde Argentina y Diego cruzará la cordillera escondido en su portamaletas. Ella volará junto a Antonia y sus padres. Antonia ya tiene su pasaporte español y el permiso de un progenitor ficticio para abandonar el país. Sin embargo, la imagen de una vida feliz le es tan dolorosa —por su improbabilidad— como el miedo.

Diego ha debido cambiar de refugio varias veces, y en el transcurso de las últimas semanas no han podido encontrarse. Después de la caída de Paula, el cerco se hizo más estrecho y el peligro más inminente. Morgana la extraña y teme por ella. Le han llegado noticias, noticias del infierno. Está en José Domingo Cañas, la casa de torturas. Una casa de tejas antiguas, en cuyo jardín, se comenta, permanece incólume un castaño y un palomar donde llegan pájaros de lugares lejanos en busca de un sitio seguro donde reposar. Han reforzado las rejas y los muros para impedir que los gritos alcancen la acera. Una mujer de su mismo grupo la delató. Dicen que por las noches la delatora comparte la celda con los prisioneros, llorando, mientras que en el día señala con el dedo a sus antiguos *compañeros* por la calle. Dicen también que la mujer ha perdido los dientes y el pelo, y su piel mortecina está pegada a sus huesos. Pero Morgana no siente compasión por ella. Un *compañero*, después de ser liberado, contó que estuvo con Paula una vez. Compartieron el pequeño cuarto contiguo a la cama de torturas. La reconoció por la voz cuando en un murmullo pidió agua. La escuchó gemir. Él tenía los ojos tan hinchados por los golpes, que fue incapaz de abrirlos.

Morgana sacude una y otra vez la cabeza para espantar las imágenes. Sus esperanzas han llegado a un nivel tan bajo, que han empezado a brillar.

—Ahí vienen —escucha decir a Camilo.

El automóvil se detiene en el mismo costado de la calle. Distingue la cabeza de Diego, su pelo oscuro y bien cortado en el asiento trasero.

—Adiós, Camilo.

Marcha con calma en dirección al otro automóvil, mientras se repite a sí misma que convencerá a Diego de partir, que en unas pocas semanas los tres estarán fuera de esta pesadilla, juntos para siempre, como en las películas, como en las novelas románticas.

Unos pocos metros más adelante se cruza con un hombre. Él la mira y ralentiza la marcha. Morgana escucha su corazón golpear desde dentro de su pecho. Decide que su examen es tan solo el de un hombre escrutando a una mujer, y continúa caminando. De todas formas, antes de subirse al auto echa un vistazo hacia atrás y ve los ojos del hombre aún detenidos en ella. El miedo vuelve a embestirla, una descarga que sacude todo su cuerpo.

Diego, en el asiento trasero, le dedica una sonrisa rígida. Un hombre calvo va al volante, a su lado una mujer voltea el rostro y la saluda con amable premura. La expresión tensa de Diego detiene el impulso que siente de besarlo. El automóvil arranca. Aunque está aún más delgado, mantiene el semblante decidido. Él toma su mano. Percibe su calor. Deslizan los dedos por la piel de la mano del otro. Se buscan y se encuentran. Piensa que bajo esas apariencias que a ambos les resultan extrañas, está él y está ella. Mientras el coche avanza por las calles quietas de la media tarde, en el parabrisas delantero las siluetas de los árboles se deslizan suavemente, como si fueran parte de un sueño. El hombre calvo mira con insistencia por el espejo retrovisor. Su expresión ofuscada y saltona la inquieta.

—¿Mi pequeña Antonia está bien? —le susurra Diego al oído, y Morgana afirma que sí con un gesto mínimo.

Se miran. Se reconocen. Los ojos de Diego brillan. Morgana encuentra las llamas de sus pupilas, las que tantas veces escrutó buscando los misterios que está segura esconden. Piensa que ese momento quedará para siempre en su memoria. La textura áspera de la mano de Diego y su tibieza, la imagen furtiva de las calles que van quedando atrás, la agitación que se respira en el aire.

—¿Y tus padres están bien? —pregunta Diego.

—Tú sabes por qué han venido, ¿verdad? —le pregunta Morgana, sorprendida de haber abordado con tanta prontitud el tema que la desvela.

—Lo imagino.

—Tenemos que hablar, amor, tenemos tanto que hablar. Hoy habrá tiempo, ¿verdad?

—Sí, lo habrá —responde Diego con una sonrisa, y se lleva los dedos de ella a los labios.

—¡No se vuelvan, nos están siguiendo! —grita el hombre de pronto. Una gota de sudor brillante y gruesa como una bola de cristal resbala por su cuello.

—¡Acelera! —exclama Diego—. Morgana, hazte un ovillo en el suelo, no levantes la cabeza hasta que yo te diga, ¿oíste?

Morgana no puede ver lo que ocurre. Su percepción del mundo está ahora compuesta de sonidos y movimientos, el motor que se agita bajo su cuerpo, los gritos de Diego, del hombre y de la mujer. «Acelera más», «nos alcanzan», «estos conchasumadre no nos agarran». Las ráfagas de metralletas comienzan a silbar. Bajo el asiento del conductor, Morgana descubre un pequeño regalo envuelto en un papel con motivos navideños, verdes y rojos. Lo palpa. Es una caja. ¿Será un presente que Diego tiene para ella? Recuerda el cuento de Navidad en que una mujer se desprende de su larga trenza para comprarle a su amor tabaco para su pipa, al tiempo que él vende su pipa para regalarle un peine para su trenza.

Los gritos se hacen más intensos. Un vidrio se rompe, y por el hueco que ha dejado entran a raudales el calor y el traqueteo de las ametralladoras. De tanto en tanto, en el escaso silencio que dejan, se oye el suspiro de una bala, que sí, se asemeja a un silbido humano, solo que es más limpio, más preciso y breve. Cierra los ojos esperando recibir un golpe, y abriéndolos de nuevo se encuentra con los pies de Diego que se mueven agitados. Piensa en su rostro pálido, en sus ojos ambarinos velados de cólera. Todo se acelera, el motor protesta, ha llegado a su límite, pareciera que el coche fuera a estallar en mil pedazos. Las voces continúan, «son tres autos más», «¿de dónde cresta aparecieron?», «intenta doblar en la próxima»; luego se amortiguan, como si vinieran desde el fondo de un colchón. Y en medio de estos sonidos en sordina escucha un grito agudo, gutural y fugaz, al tiempo que observa cómo la sangre escurre por el suelo en abundancia. No quiere levantar la cabeza, pero sospecha que la mujer ha caído, porque ya no escucha su voz. Se da cuenta de que no hay forma de evitar que la sangre la alcance. Tiembla. Oprime el regalo contra su regazo. Es para ella, ya no tiene dudas. Recuerda una canción de Paul Simon y comienza a tararearla despacio: «My love for you is so overpowering that I'm afraid that I will disappear». No logra escucharse, su voz desaparece en el estruendo, pero discierne la vibración en su pecho.

El cuerpo de Diego se desploma sobre el suyo, tiene la camisa empapada y se pega a su cuerpo. Advierte su peso, su calor, los espasmos con los cuales intenta sin éxito reincorporarse. El coche parece dar en la acera con las ruedas de la derecha, luego al otro lado, el cambio de marchas emite un gruñido y el automóvil comienza a trepidar, a dar tirones, a estremecerse. Ya nada se mueve. No siente su cuerpo. Afuera escucha gritos, ráfagas de proyectiles. Y de pronto el silencio.

Imagina a Antonia en sus brazos. Está sentada en un sillón frente a una ventana, cualquiera de las tantas que han compartido desde que Antonia nació, aunque al final, siempre se trata de la misma ventana, y mientras Antonia succiona su pecho, ella la mece y mira el ocaso, esa hora antes de la última luz, cuando la brisa hace vibrar las hojas de los árboles y los pájaros vuelan hacia sus nidos. Tiene los ojos cerrados. El cuerpo inerme y reblandecido de Diego yace sobre el suyo. Un dolor en la cabeza la adormece. Mientras su conciencia y su cuerpo se apagan, y gritos de hombres se aproximan a su reducto, Morgana imagina ese momento del día en que unida a Antonia todo parece bello y a la vez nostálgico, esa hora en que a veces la tristeza es tan intensa que la hace sentirse extrañamente feliz.

III. Septiembre 2001

Pensó que había olvidado

—Sophie, querida, ¿estás bien? —escucha la voz de Gerárd al otro lado de la puerta—. Preparé café.

Mira la hora. Son las doce del día. No recuerda haber despertado tan tarde en mucho tiempo. Suele estar trabajando desde temprano en su estudio, después de un café con leche en el bistró de la esquina. Por la noche no logró conciliar el sueño hasta el amanecer. Ahora despierta con retazos de incendios pegados a sus ojos.

—Ya salgo —su voz es quebradiza, como si llegara de un largo viaje.

Sabe que tiene los ojos hinchados por el sueño tardío y que su pijama está sudado, pero no siente pudor frente a Gerárd. Se calza las pantuflas que están al borde de su cama y sale de su cuarto. En la sala, él la espera con una taza humeante de café.

—Está hirviendo, ten cuidado —le advierte, al tiempo que le alcanza la taza—. Me demoré un poco en las compras y cuando llegué te fui a buscar arriba, al estudio. ¿Estás bien? —le pregunta mientras la mira con detenimiento.

—Si hubiera viajado la semana pasada a Nueva York, como me sugirió mi agente, tal vez al fin estaría muerta —dice Sophie.

A pesar de la crudeza de sus palabras, su expresión es apática y distante. Gerárd suele decir que pretender llegar a ella es como intentar asir el aire.

Ya han pasado ocho años desde que él tocó el timbre de su departamento. A través del citófono le dijo que venía de parte de Adelle B, su agente, y que le traía el catálogo de la exposición que en unas semanas ella inauguraría en la galería Bayard. Sophie lo dejó subir, y cuando abrió la puerta se encontró con un hombre cuya belleza trágica le atrajo de inmediato. Pero no de una forma carnal. Hacía tiempo que manejaba con mano recia la funesta influencia que el deseo y el romance habían ejercido en su arte. Al verlo supo de inmediato que Gerárd constituiría un caudal de inspiración. Y por eso, cuando él le confesó con cierta insolencia en la mirada que no traía el catálogo, que ni siquiera conocía a Adelle B, y que tal vez tenía la suerte de que podría necesitar un ayudante para construir sus gigantescas esculturas, ella rió de buena gana, como no reía hacía tiempo. «No te vas a arrepentir», le dijo él mientras ambos subían las escaleras hasta el último piso, donde se encuentra su estudio.

Sophie se acerca a la ventana. A través de ella entra el tímido sol de un mediodía otoñal. Por los abrigos gruesos y las espaldas curvadas de los transeúntes deduce que un viento del norte recorre la calle con su halo frío. Aun cuando Gerárd ignora muchas cosas de su vida, él es la única persona que comparte su intimidad.

No sabe cuándo comenzó la reclusión, pero lo cierto es que a lo largo del tiempo ha desechado todo lo que la aleja de su trabajo, incluidas las personas, quienes han pasado frente a ella de forma casi inmaterial, encandilándola fugazmente, sin tocarla. Su relación con el mundo se limita a sus largas caminatas, a los viajes esporádicos a la

casa que hizo construir para su madre en la cam-
piña, y a las inauguraciones de sus muestras que su
agente considera imprescindibles. La vida que ha
escogido para sí misma, exenta de lazos, tan solo
adquiere sentido en los materiales que moldea con
sus manos. No es que no lo haya intentado, pero
sus esfuerzos siempre han fracasado, como si la
llave maestra que permite abrir el alma de los otros
le hubiera sido robada.

En la ventana alcanza a divisar el Jardín de
Luxemburgo, donde uno que otro viandante solitario surca apurado los senderos con sus castaños
silvestres. Enciende un cigarrillo y, como cada vez
que se encuentra perturbada, se queda mirando su
punta incandescente. En un rincón de la sala, desde su jaula, un hurón la mira con ojos redondos,
negros y brillantes. Gerárd, como siempre, la observa con calma en su ir y venir.

—No me hagas caso cuando digo brutali-
dades —declara Sophie, barriendo el aire con la
mano. Después de un ataque de tos apaga el cigarrillo en un cenicero metálico. Abre una pequeña
caja de madera de donde saca unas bolitas amarillas, y, liberando al hurón, le da de comer en su
mano.

—Encontré berenjenas en el mercado; ah,
y también hinojo —señala Gerárd—. Pensaba co-
cinarlos esta noche para ti y Alain en mi departamento. ¿Te parece?

—Claro —dice Sophie con una sonrisa,
intentando responder a los esfuerzos de Gerárd
por animarla.

Sobre una mesa hay un juego de plumas,
un sacapuntas con la forma de un mapamundi,
varios frascos de tinta negra y un tazón de té Ori-

be del siglo XVI, que contiene un par de decenas de lápices de grafito.

—¿Estás bien? —pregunta él una vez más, levantando las cejas. Se saca la bufanda y, en lugar de dejarla sobre el sillón, la guarda en el bolsillo de su chaqueta para respetar el orden obsesivo de Sophie.

Ella niega con un gesto de la cabeza mientras toma al hurón entre sus manos y lo acaricia. El animalillo lanza débiles gruñidos e intenta enrollársele en el brazo.

—Ayer lo viste todo, ¿verdad?

Sophie asiente.

—Dicen que hay cientos de desaparecidos —continúa Gerárd.

La palabra «desaparecidos» entra en su interior, dejando a su paso un reguero de sentimientos que contraen su rostro.

—Sí, lo sé, es muy fuerte —observa Gerárd, atento a sus más mínimas expresiones.

Pero aun así, él no puede saber el verdadero camino que ha recorrido ese vocablo en los laberintos de su conciencia, de su memoria.

Sophie mira alrededor de la amplia sala de tonos neutros, los peces azules en el acuario, la escultura de metal rojo que descuella en un rincón, el ambiente aireado y desprovisto de ornamentos en el cual las repisas de libros, ordenados por orden alfabético, revelan su presencia meticulosa. Un refugio que ha construido palmo a palmo para protegerse del mundo. Para dejar atrás los recuerdos.

Se reincorpora, entra en su habitación y con el mando a distancia enciende el televisor. Gerárd la sigue. Una vez más, la imagen del avión horadando la superficie erguida y oscura de la torre. Una vez más, el recuerdo del palacio de gobierno en llamas.

Así como ninguno de esos hombres y mujeres, que confiados salieron por la mañana a su trabajo, sabía lo que habría de ocurrir pocas horas más tarde, tampoco ella podía saber que ese día de hace veintiocho años, el día que huyó a París, sería definitivo. Que ese «jamás» que ella, como adolescente, formuló con tanta convicción, sería un jamás verdadero.

Durante años todo lo que hizo estuvo relacionado con ellos, cada paso hacia la artista que es hoy fue una forma de demostrar que los había vencido. Hasta que entendió que no era la memoria, ni el amor, ni siquiera el odio, lo que te hacen libre, sino el olvido. Extirpó uno a uno los recuerdos de su cerebro, los sacó de contexto, de lugar, desmadejó la cronología, de manera que nada tuviera sentido. Desprovistas de ejes, las imágenes se desecaron. Por eso creyó que nunca volverían.

Pensó que había olvidado el abrazo de Morgana en sus noches insomnes, el calor de su cuerpo inundándola de paz; pensó que había olvidado sus voces en la cocina, mientras ella, ignorándolo todo, dibujaba sobre la mesa del comedor; pensó que había olvidado la expresión radiante y orgullosa de Diego ante su obra; las noches en la sala, Morgana y ella meciendo las caderas al compás de las canciones de los Rolling Stones, los ojos de Diego saltando de una a otra; pensó que había olvidado la amistad pueril con una poeta que nunca oyó hablar de ellas; el resplandor azulado de la televisión oscilando en los muros como el agua tocada por el sol, mientras Diego, intentando ver las noticias, acallaba sus risotadas; pensó que había olvidado esos instantes, cuando sus miradas se cruzaban y en silencio daban constancia de su unión; pensó que había olvidado el sonido de las sirenas a lo lejos clavándose en su pecho, la voz de Morgana diciéndole: «Tú puedes, tú puedes»; los rumores del río, y esa impresión de que la vida estaba en el lugar donde se encontraban los tres. Pensó que había olvidado que una noche nadaron desnudas, que Morgana tocó su alma, que despertó su cuerpo, que abrió su corazón.

—Querida —escucha la voz de Gerárd al otro lado de sus pensamientos—, ¿quieres que dejemos las visitas para otro día?

Recién ahora recuerda que habían quedado de ir juntos a ver un par de inmuebles. Gerárd intenta convencerla de erigir una fundación. Un sitio donde su trabajo y la extensa colección de obras de arte que ha ido adquiriendo a lo largo de los años queden a buen recaudo.

—No, no, está bien. Me visto y salimos; espérame unos minutos.

Gerárd sube al estudio y Sophie entra al baño. Al salir, un hombre maduro habla en la pantalla de televisión. Su aspecto es el de alguien envejecido por un extremo agotamiento.

«Empezamos a descender las escaleras. Éramos siete. Recuerdo a Bobby Coll, Kevin Cork, David Vera y Ron DiFrancesco. En la escalera nos encontramos con una mujer muy gruesa que caminaba con dificultad. Nos gritó: Paren, paren, tienen que subir, hay demasiado humo y llamas más abajo».

La voz del hombre es profunda y modula las palabras con delicadeza, mimándolas, como si les agradeciera el hecho de poder pronunciarlas.

«Todos comenzaron a opinar, algunos insistían que debíamos bajar. En ese momento escuché unos golpes. Ayuda, ayuda, estoy atrapado. No puedo respirar. ¿Hay alguien ahí, alguien puede ayudarme? Era una voz que provenía del piso 81».

Cautivada, Sophie se sienta en el borde de la cama con una toalla blanca amarrada a la altura de su pecho. El hurón se hace un ovillo entre sus manos, mientras ella piensa que ese fulgor que envuelve al hombre es el halo de un sobreviviente.

«Tomé a Ron de los hombros y le dije: Ven, Ron, tenemos que salvar a este tipo. Cuando logramos entrar a la oficina de donde provenía la voz, la oscuridad era absoluta. Costaba respirar. Pero yo tenía mi linterna. Alumbré cada rincón preguntando: ¿Quién está ahí, quién es usted?».

Sophie enciende otro cigarrillo y empuja el humo con fuerza hacia arriba. El mundo vuelve a ser un lugar peligroso, irracional. Y ante este pensamiento, todo ese entramado de detalles que constituye su vida le parece ridículo. Una fundación, un museo, ejercicios del ego, intentos desesperados por perdurar, por subsistir en la memoria de alguien. Por no desaparecer.

—Desaparecer —susurra.

Ellos otra vez. El temor más grande de Diego y Morgana era un día desaparecer. Un miedo que ninguno de los dos logró explicarle nunca, y cuya intensidad podía intuirse en cada uno de sus gestos, de sus actos, un temor que los unía y que los arrojaba al camino de una vida intensa. En sus ansias de vivir, parecía no importarles inocular cada instante con la posibilidad de su fin.

«Seguí apuntando con mi linterna en todas direcciones. Él dijo: ¡Puedo ver su luz! Todo estaba cubierto de un polvo blanco y humo. En unos minutos, Ron y yo localizamos su voz».

Ella les prometió que jamás desaparecerían. Lo dijo así, con simpleza: «Yo jamás permitiré que ustedes desaparezcan». Y por eso empezó a hacer dibujos para ellos.

«Su mano sobresalía del muro. La movía frenéticamente hacia un lado y otro. Dije: Okay, lo puedo ver ahora. Ron se cubría la cara con un bolso de deporte en un intento por filtrar el aire, pero estaba sobrepasado con el humo y parecía a punto de sucumbir. Yo, por milagro, respiraba bien e intentaba sacar los escombros que tenían al hombre atrapado. Después supe que se llamaba Stanley, Stanley Praimnath, y que trabajaba en el banco Fuji. Lo tomé como pude y Stanley empujó una vez. Lo atraje hacia mí con fuerza, con todas mis fuerzas, y ambos caímos al suelo, abrazados. Estaba liberado. Tenía que ver a mi mujer. Tenía que ver a mis hijos, fuera como fuese, me dijo».

Sophie respira hondo, como si también allí el aire fuera escaso. El hombre mira a la cámara, sus ojos son de un verde que recuerda el musgo. Su mirada es tranquila, exenta de complacencia.

«Ron había vuelto a la escalera y ya no estaba allí cuando Stanley y yo llegamos. Los otros hombres habían decidido subir. Guardo la imagen de Bobby Coll y Kevin Cork, cada uno de ellos sosteniendo un codo de la mujer: Venga. Estamos en esto juntos. La ayudaremos. Y subieron. Nunca más volví a verlos».

El hombre permanece en silencio. Es un silencio sepulcral, sereno. Su nombre es Brian Clark.

Sophie siente frío. Se abraza a sí misma para entrar en calor. Retorna a la ventana en busca de una imagen familiar que la devuelva a su centro. En la acera, un joven agita un brazo y lanza su gorra al aire, un gesto que le hace pensar en los hombres que recibían a los héroes de guerra. Mientras observa y escucha los débiles chillidos del hurón a sus pies, piensa en ella. En Antonia. La pequeña Antonia a quien nunca conoció, y a quien decidió olvidar junto con todo. El parque destella bajo la luz del mediodía. Resiente la belleza contagiosa del otoño que se pega en las aceras y en las conciencias con la calidez de sus colores. Quisiera que sus pensamientos estuvieran vaciados de emoción, que fueran fríos como una piedra invernal en la palma de la mano.

—Antonia —murmura, y se da cuenta de que es la primera vez que pronuncia su nombre.

Derrotar la muerte a palos

Si Antonia no supiera que el hombre ha saltado de una torre en llamas, pensaría que vuela. Guarda las cajas de cereales, la leche y los tazones del desayuno de los niños, se sienta y extiende el periódico sobre la mesa de la cocina. No puede despegar los ojos de su fotografía en blanco y negro, de su figura longilínea, de su camisa blanca que desprendida del pantalón se ahueca libremente, de su pierna izquierda apenas flexionada, como si hubiera tomado impulso para elevarse en el aire. Intenta con todas sus fuerzas imaginar que el hombre, atrapado en la imagen fotográfica, quedará para siempre suspendido, que caerá de sueño en sueño sin nunca tocar tierra.

Cuando Ramón entra a la cocina con su morral al hombro, Antonia cubre la fotografía con un platillo. No sabe muy bien por qué. Tal vez porque los sentimientos que ha desatado son demasiado intensos, al tiempo que delicados e inasibles, para ser compartidos.

—Olvidé la carpeta con mis notas para la clase de la tarde —señala Ramón.

—¿Y los niños?

—Los dejé en la escuela y volví volando —un mechón tricolor, como el pelaje de un tigre, cae sobre sus ojos frescos y su expresión alerta.

Antonia se reclina en su silla y cruza las manos por detrás de la cabeza. Ramón se acerca a ella y con los dedos presiona el nacimiento de su cuello.

—Oye, eso se siente muy bien —dice Antonia.

—Recuerda que hoy tengo reunión de maestros en la escuela y no llego a cenar —despeja el rostro de Antonia de los largos rizos que lo enmarcan y la besa en la frente.

Una vez que Ramón ha partido, Antonia vuelve a mirar la fotografía del hombre que cae entre las torres. Todo en él destila compostura, entereza, resignación, pero a la vez —y esto le resulta perturbador— también libertad. Cierra el periódico y guarda la vajilla de la noche anterior en sus cajones.

Después de dejar todo en orden, decide que mudará de sitio su escritorio. Quiere instalarlo frente a la ventana para poder ver el mar. Aún tiene cinco horas de soledad antes de partir en busca de los niños al colegio.

Hace un par de días decidió con Ramón que ella debía tener su propio espacio de trabajo. Trasladaron juntos sus libros, sus fotos, las piedras que ha recogido a lo largo del tiempo, y pronto el cuarto de trastos se transformó en un lugar donde parece haber trabajado alguien por muchos años. Una vez que la mesa está en su nuevo sitio, vuelve a poner sobre ella el ordenador, los libros y las anotaciones. Su tesis de grado avanza con lentitud. Pero esta mañana, la luz más viva de lo habitual la hace pensar que hoy será un buen día.

Enciende el ordenador. En su correo electrónico hay un mensaje que la sobresalta. Es de una tal Sophie Monod —a quien no conoce— y lleva el siguiente enunciado: «Derrotar la muerte a palos».

Su madre no le dejó muchas cosas. Tenía veinticinco años cuando murió. Entre sus posesiones más preciadas está un verso de Anne Sexton que la poeta escribió para su hija Linda y que su madre transcribió para ella pocos días después de su nacimiento. Sus abuelos se lo guardaron hasta que ella pudo leerlo por sí misma. Conoce bien la obra de Anne Sexton y sabe que la frase que precede al mensaje proviene de un poema que ella escribió para su mejor amiga, la poeta Maxine Kumin:

«Max y yo/ Dos hermanas sin moderación/ dos escritoras sin moderación,/ las dos con nuestras cargas,/ hicimos un pacto./ Derrotar la muerte a palos».

Querida Antonia:
Me doy vueltas y vueltas pensando cómo empezar. Tal vez lo más sencillo es decirte que fui una buena amiga de Morgana, tu madre. Nos conocimos en Chile, un par de años antes de que tú nacieras. De eso hace tanto tiempo. Tú ya debes tener veintiocho años, ¿verdad? ¿Vives en España? ¿Qué haces? Tantas preguntas que te deben parecer extrañas viniendo de una desconocida. Yo resido en París, pero para mí no sería difícil visitarte dondequiera que tú estés. Así podríamos conocernos. Me gustaría mucho. ¿Piensas que es posible?
Cariños,
Sophie

PD. El título del correo es el extracto de un poema de Anne Sexton. Ella era nuestra amiga imaginaria.

```
PD2. Te preguntarás cómo di con tu
correo. El mundo es un pañuelo. Fue
José Moreira, tu profesor en la
Complutense, quien me lo dio. Hace
años que él me envía textos de nuevos
poetas, algunos de los cuales he
incluido en mi obra como artista.
También, de tanto en tanto, me envía
sus ensayos. En uno de ellos, entre
los de otros estudiantes que lo
ayudaron con la investigación,
encontré tu nombre. Antonia Abréu.
Veo que llevas el apellido de tu
madre. Yo también llevo el de la mía.
```

Antonia termina de leer y levanta la vista hacia la ventana donde se estrella el sol. Busca su pedazo de mar y lo encuentra. Las palabras de Sophie Monod han abierto un arca por años clausurada. La de las interrogantes y los recuerdos dislocados a los cuales nunca logró dar sentido.

De pronto tiene necesidad de volver a mirar al hombre que cae, de descubrir sus ojos y su boca en sus rasgos difusos. Según el periódico, la caída debió alcanzar los 258 kilómetros por hora. Imagina el instante cuando el piso que lo sostenía se vino abajo, cuando el fuego lo alcanzó y el humo le hizo imposible respirar, y entonces, derrotando la muerte a palos, saltó. Saltó y el cielo se hizo más alto para él, más profundo.

¿Dónde están?

—Una vez más, por favor... —le pide Eloísa con una voz ronca, que en su cuerpo menudo de niña resulta desconcertante.

—Te lo voy a contar al oído, porque tu hermano ya duerme, pero es la última vez, ¿oíste?

Antonia repite en un susurro el cuento de un anillo mágico que escuchó de su abuelo. No alcanza a llegar muy lejos cuando la respiración de su hija se hace casi imperceptible. Permanece algunos minutos sentada en el borde de su cama mirando los rostros dormidos de sus niños. Sebastián ha heredado las facciones regulares de Ramón. El encanto de Eloísa, en cambio, radica en que todo en ella parece desproporcionado.

De vuelta en su escritorio lee una vez más el correo de Sophie Monod. Le cuenta que conoció a su madre en Chile. Siempre supo que antes de nacer, la carrera diplomática del abuelo los llevó a vivir en diversos países: México, Francia, incluso Haití. Pero de una estancia en Chile nunca oyó hablar. No le sorprende su ignorancia. Creció en un universo de silencios y evasivas, criada por sus abuelos en el firme convencimiento de que ella no debía estar presente en los debates abiertos de la vida, sobre todo si guardaban relación con sus padres. Según el parecer de los abuelos, su muerte en un accidente automovilístico en las calles de Madrid, tres meses después de que ella hubiera nacido, era demasiado traumática y triste como para seguir ahondando en detalles. A pesar de que Antonia jamás sintió tristeza por sus ausencias —no podía llorar la pérdida de unos padres que nunca tuvo—, cuando alcanzó la madurez, la omisión y el desconocimiento comenzaron a perturbarla. Pero ya era muy tarde cuando necesitó saber quién era su padre, ese hombre del cual sus abuelos nunca hablaron; cuando quiso entender a su madre, la joven de cejas gruesas y expresión desafiante que aún la observa desde las fotografías, intentando decirle algo a través de las décadas con una sonrisa esperanzada.

Primero se fue la abuela, y a los pocos meses la siguió el abuelo. A la tristeza de su pérdida se sumó la conciencia de que ellos se llevaban consigo su memoria, toda posibilidad de resolver sus interrogantes.

Recuerda que en ese entonces empezó a arrojar sus limitados recuerdos contra los muros. Esperaba que explotaran y que las imágenes emergieran de ellas, como se derrama la leche de un coco al partirse. Y las había, esas escasas ocasiones en que, a pesar de los esfuerzos de sus abuelos, intuía que se asomaba a las orillas del misterio. La mención de Chile trae de vuelta uno de esos momentos que por su intensidad nunca olvidó.

Tendría ocho o nueve años y acompañaba a la abuela en una de sus excursiones a las rebajas de verano en Madrid. Caminaban deprisa a coger el autobús de la tarde cuando los vio. No eran muchos, una treintena tal vez, pero sus pasos retumbaban en el asfalto de la calle. Avanzaban por un costado de la Gran Vía y llevaban pancartas. Cada pancarta mostraba la fotografía de un rostro y un nombre. Ana, José, Juan, Rosa, Pedro, Rafael, Esteban, Jacinta... La abuela se detuvo y apretó su mano.

Recuerda la fuerza de sus dedos que latían en los suyos, la rugosidad de su piel. Una de las pancartas, la primera, llevaba la imagen borrosa de un niño. Su nombre era Clemente. De pronto todo quedó detenido en los rostros en blanco y negro de las pancartas, en el caminar de quienes las portaban con aire solemne. «¿Dónde están?», preguntó a voz en cuello un hombre y las demás voces se unieron a él: «¿Dónde están?», «¿Dónde están?», una y otra y otra vez.

Los pájaros que solían mirar con la abuela en la Plaza de Oriente se habían congregado sobre sus cabezas, y sus siluetas aéreas y oscuras los escoltaban. Antonia pensó que esos hombres y mujeres, a quienes los pájaros seguían por las calles de la ciudad, debían tener poderes mágicos. Quería ver a Clemente, el niño que lideraba la marcha de los magos. Se desprendió de la mano de su abuela y echó a correr para alcanzarlo. La abuela gritó: «¡No, no, no...!». Una seguidilla de noes que parecían de antemano derrotados. Antonia llegó hasta la mujer que llevaba la primera pancarta y le preguntó quién era Clemente. Ella le respondió que Clemente había desaparecido junto con su madre, en Chile. Antonia estudiaba Latinoamérica en clases de geografía en ese entonces, y recordó que Chile era una larga franja de tierra al costado izquierdo de Sudamérica. «¿Dónde están?», volvió a gritar otra voz y las demás se le unieron, también la de la mujer, quien, después de acariciarle la cabeza, siguió adelante. La abuela la alcanzó jadeando, tomó su brazo con una tenacidad que rayaba en violencia y la arrastró calle abajo. Sus dedos le hicieron daño. Nunca antes la abuela había hecho algo así.

Un hilo de seda

Presa de impaciencia, Sophie enciende su ordenador. Lo que nació como un impulso, hoy se ha vuelto una urgencia. Quiere verla, necesita conocer a Antonia. Mientras espera que la pantalla se encienda, libera al hurón de su jaula y le da de comer. El hurón pasa los bigotes por su mano, haciéndole cosquillas. Abre su correo y al ver el nombre de Antonia Abréu se estremece.

Estimada Sophie:
Su correo me ha sorprendido. He de ser
honesta: es la primera vez que alguien
nombra a mi madre en muchos años.
Vivo en una isla frente a la costa
mediterránea española. Estoy casada y
tengo dos hijos, Eloísa y Sebastián,
de cuatro y siete años respectivamente.
Estudié Filología en la Complutense,
como usted ya sabe. Eso fue antes de
que nacieran los niños. Recién ahora
que están un poco más crecidos
preparo mi tesis final. Sobre mi vida
no hay mucho más que contar.
La he buscado en Google y así me he
enterado de que su obra está ligada a
la poesía. Los árboles gigantes
construidos de letras me han parecido
bellísimos, sobre todo los poemas que
se forman de árbol en árbol con

filamentos de seda. Su exposición en
la Tate Modern de Londres es
impresionante.
No sé qué interés pueda tener para
usted conocerme. Como ya le he dicho,
llevo una vida tranquila y aun cuando
tengo una cierta ineptitud para la
vida doméstica, casi toda mi energía
se va en mis dos diablillos y no es
mucho el tiempo que me sobra.
Pero si de verdad está interesada en
nuestro encuentro, puede venir a este
rincón del mundo cuando le apetezca.
Antonia

PD. Le escribo cuando todos duermen,
y de pronto se me ha venido a la mente
que el futuro es un hilo de seda, como
los suyos, que alguien extiende para
que otro lo recoja.
No tenía la menor idea, hasta ahora,
de que mi madre había vivido en Chile.

Sophie lee una y otra vez las palabras de
Antonia. Ese ser monstruoso que Morgana llevaba
en su vientre la última vez que la vio es hoy una
mujer. Su hermana. Intenta imaginarla. Su vida,
sus hijos. Es tal su excitación, que por un momento todo lo demás parece moverse, insignificante,
bajo los límites de su propio mundo. Pero lo que
verdaderamente la golpea es su última frase, donde Antonia, sin saberlo, le revela algo que ella jamás hubiera imaginado.

En otra parte

—Querida, ¿estás segura de lo que haces? —la interroga Gerárd con cansada obstinación.

Gerárd le ha hecho esta pregunta decenas de veces, y ahora, mientras conduce hacia el aeropuerto de Orly, la mira preocupado, presto a dar media vuelta y retornar a la primera palabra de Sophie. Ella le sonríe afirmativamente, al tiempo que observa las bandadas de nubes negras que se acercan presurosas desde el fondo del cielo. A la distancia se oye un trueno, seco y cortante como un latigazo.

Él no puede entender que de un día para otro, Sophie decidiera abandonar su trabajo por una semana completa. Pero sobre todo, y esto se lo ha repetido hasta el cansancio, lo que no comprende y le preocupa es que no haya sido capaz de explicarle cuál es el objetivo de su viaje. Él sabe que la incertidumbre, la falta de precisión y de orden pueden echar abajo el laborioso y frágil andamiaje que sustenta su equilibrio.

—No es por Alain, ¿verdad? —inquiere Gerárd.

Ella echa la cabeza hacia atrás para cobrar aliento. Se ha largado a llover.

—Te lo he dicho mil veces, me parece fantástico que estés con Alain. A decir verdad, Alain es el mejor novio que has tenido nunca —subraya, intentando dar a sus palabras un aire de espontaneidad y a la vez de convencimiento.

—Por eso mismo.

No tiene frío, pero aun así esconde los dedos dentro de las mangas de su abrigo. La piel de sus manos ha llegado a ser tan fina, que bajo su superficie parece adivinarse la labor de sus huesos, de sus coyunturas y tendones.

—Me hace muy feliz que hayas encontrado a Alain, te lo prometo.

Le ha contado a Gerárd apenas lo imprescindible para apaciguar su curiosidad. Tocados por la lluvia, el asfalto se ha vuelto muy negro, y las hojas de los árboles, de un verde intenso. El impulso que la mueve no es racional. Proviene de ese espacio intangible que desde los comienzos ansió atrapar con su arte, sin lograrlo. Quizás porque nunca se permitió pensar que podía encontrarlo en otra parte, no en sus complejos dibujos, ni en los cálculos matemáticos, sino que en la vida.

—En su primer mail, Antonia me dijo que el futuro es un hilo de seda que alguien extiende para que otro lo recoja.

—¿Y se supone que ahora ella es tu futuro? No vas a convencerme de que mire con buena cara esta súbita locura tuya de partir donde una mujer que no conoces porque escribe bonito —alega Gerárd, subrayando la última palabra con sarcasmo.

—Contaba con tu ironía —afirma Sophie y sonríe, sin amago de reyerta.

Gerárd, con las manos firmes en el volante, la mira otra vez con su expresión escéptica y luego vuelve la vista hacia la autopista mojada. Con una mano asomándose por la bocamanga, Sophie golpea con suavidad el hombro de su amigo.

—Mírame.

En el semáforo, los ojos transparentes de Gerárd se posan en los suyos.

—Estaré bien.

Gerárd extiende el brazo, le arregla el cuello del abrigo que está torcido y lo vuelve a su lugar cuidadosamente.

—Gerárd, ya sé que ninguna de las explicaciones que te he dado te parecen convincentes. Pero tienes que confiar en mí. Además, siempre pueden ir Alain y tú a rescatarme —ríe, dejando al descubierto sus dientes parejos.

—¿Sabes? Lo supe esa mañana que te quedaste dormida, el día siguiente del 11 negro, ¿lo recuerdas?

—¿Qué supiste?

—Que algo te había pasado. Son los dos 11 de septiembre, ¿verdad?

Sophie le da la razón sin mirarlo. A través de la ventanilla las nubes parecen vigilarla y satisfacerse con el hecho de ocultarle el sol. Salen de la carretera y entran en la zona del aeropuerto.

—Hemos llegado. Tu avión parte de la terminal 2 —señala él.

La lluvia se hace más intensa y el cielo, apurado, termina por apagarse.

—Ya sé que no vas a contarme más. Supongo que debe ser muy importante para que hagas lo que estás haciendo.

—Lo es —responde Sophie. Se pone los guantes y lo abraza—. Gracias —murmura. Pone un pie en la acera y abre su paraguas. Gerárd la ayuda a sacar su maleta del portaequipajes.

—Adiós, querido mío, no te olvides de alimentar a los peces y a Hurón —le dice.

Presiente que tras su sonrisa se asoma, oscuro, el miedo. Por eso toma su valija y sin voltearse camina apurada hacia la zona de embarques.

Pequeños ritos

Ramón se ofreció a acompañarla a recoger a Sophie Monod al aeropuerto, pero ella prefirió ir sola. Sin embargo, ahora, mientras la espera, piensa que tal vez fue un error no haber aceptado. Teme sentirse inhibida en su presencia.

De pronto la ve. Avanza mirando a uno y otro lado entre los pasajeros que surgen por la mampara de llegadas. Antonia se encamina hacia ella y agita el brazo para que la reconozca. En Internet encontró algunas fotografías suyas que le permitieron hacerse una idea de su apariencia. Es más alta de lo que había imaginado y más delgada. Viste con una elegancia formal, austera en su evidente calidad, y su expresión tiene la misma hechura discreta y refinada de su atuendo. Cuando están frente a frente, Sophie le da un beso apurado. Tal es su torpeza que ambas mejillas terminan golpeándose una contra la otra.

—Disculpa —dice, y sonríe. Es una sonrisa tímida, como si pidiera permiso para aparecer en su boca.

—¿Qué tal el viaje? —le pregunta Antonia.

—Bien, muy bien. Si hubiera un vuelo directo estaríamos a un par de horas, pero es el cambio en Madrid el que lo hace más largo —explica Sophie. Su español carece de imperfecciones, pero su acento revela su origen francés.

Después de decir esto, Sophie la mira de soslayo pero intensamente, con los brazos colgando a lado y lado y sin moverse. Antonia nota que su largo cuello y su pelo corto dejan su rostro desguarnecido, sin lugar donde ocultarse; una intemperie donde su mirada parece confundida. Un súbito brillo acuoso en sus ojos y el temblor en su barbilla le hacen pensar que en cualquier instante podría largarse a llorar. Antonia se deja observar, incómoda, intuyendo que ese momento tiene para Sophie Monod una significación que ella desconoce.

Cuando están en su automóvil, Antonia vuelve a preguntarle por su viaje, y ella vuelve a responderle que todo ha estado muy bien.

Desprovista de veraneantes, la isla tiene un aire melancólico, sobre todo alrededor de las playas, donde, vacías, las casetas comerciales son azotadas por el viento. En los jardines solitarios del Gran Hotel se divisan árboles exóticos que se aprontan a luchar contra el invierno venidero. Las sombrillas blancas están plegadas. «Si Eloísa las viera diría que parecen escobas mágicas prontas a emprender el vuelo», piensa Antonia.

Sophie abre la ventanilla. Cuando sus ojos se encuentran con los de Antonia, ella esquiva la mirada y entrelaza los dedos con inquietud. Pasan frente a la alcaldía, el correo, la plaza principal. Antonia le habla de la isla, pero pronto se da cuenta de que Sophie, aun cuando mira todo con atención, no escucha sus palabras, como si hubiera sido raptada por sus pensamientos, y entonces calla. El runrún del viejo automóvil altera el silencio. Suben la cuesta hacia la parte más alta de la isla, y cada vez que toman una curva, el mar aparece con su azul extenso y enceguecedor.

—Puedo dejarte en tu hotel para que descanses, y más tarde te recojo para que cenemos en casa. Yo tengo que ir a buscar a los chicos a la escuela.

—No estoy cansada —señala Sophie—. Me gustaría acompañarte. Si no te molesta, claro.

—¿A buscar a los niños?

—Claro, a buscar a los niños —repite, y por la sonrisa que despliega pareciera gozar sobremanera de la idea.

—También he de pasar por el supermercado —añade Antonia, pensando que esta actividad tan trivial logrará disuadirla, pero Sophie no ceja y responde, con su misma sonrisa, que está encantada de ir con ella.

Por la ventanilla que abrió Sophie se cuelan ráfagas de aire tibio y las mangas de su blusa blanca se encumbran con la brisa. A medida que avanzan, la impresión que Antonia tiene de Sophie se exacerba. Por un lado, su actitud posee el halo estoico de quien responde a una férrea determinación preconcebida, y por el otro, su silencio y la torpeza de sus gestos le hacen pensar en un ser no apto para los avatares de este mundo. Pasan por calles de casas pintadas de blanco, hileras de árboles cuyas hojas ya ha coloreado el otoño. Una elegante mujer se detiene en medio de la acera y abre una sombrilla, un grupo de pájaros aterriza en un cable eléctrico, los árboles proyectan sus densas sombras sobre la calzada y el sol se queda atrapado un momento en el espejo retrovisor.

*

Aguardan a los niños junto a otros padres frente a las puertas del colegio. Una joven se despega de un corro de mujeres y se acerca a Antonia. Hablan unos minutos y después la mujer vuelve a reunirse con su grupo. De pronto, los niños salen a trompicones. Entre las cabezas que se mueven de un lado a otro, Antonia divisa a Eloísa y Sebastián.

—Allí están mis hijos —dice sonriendo, al tiempo que los señala con el dedo.

Sebastián va delante, un chico de pecas y cabello color miel que camina a saltos, como si sus pies estuvieran provistos de resortes. Eloísa, la más pequeña, con su paso lento y su expresión concentrada, destila madurez.

—El pequeño que no para de saltar y la niña de trenzas que camina muy seria, ¿verdad? —pregunta Sophie.

—Sí, ellos —responde Antonia.

El niño le hace una seña a su madre con el pulgar hacia arriba desde la distancia. La niña, en cambio, no levanta la vista.

—Eloísa es muy reservada. A veces tengo la impresión de que un día lo verá todo —dice Antonia con súbita gravedad.

—¿A qué te refieres? —pregunta Sophie.

—No sé, tantas cosas... el sinsentido que se oculta tras los pequeños ritos de la vida, por ejemplo.

A su lado, un padre levanta a su hijo del suelo y lo sube sobre sus hombros. El niño ríe.

—Y supongo que cuando ella me encare, no tendré respuestas que darle. Pero vaya, qué tonterías digo —sonríe Antonia.

Sophie enciende un cigarrillo, le da varias caladas con rapidez y luego lo tira al suelo. Antes de que los niños las alcancen, señala:

—Seguro que Morgana estaría saltando con él y a la niña le haría cosquillas para hacerla reír.

Antonia se sobresalta ante las palabras de Sophie. Desde su encuentro en el aeropuerto ha esperado que nombre a su madre.

—Fue ella quien me regaló el primer poema —continúa—. Bueno, a decir verdad, todos los poemas de mis primeras obras —su voz es tan frágil, que da la impresión de que algún padecimiento la quiebra desde dentro.

Sus miradas se encuentran, y esta vez Sophie no desvía la suya. Entonces, Antonia ve en sus ojos un anhelo que no es capaz de definir, pero que está ahí, desnudo para ella.

—Mamá, mira —dice Sebastián. De la boca de su mochila se asoma la cabeza de una ardilla—. Esta semana la maestra me la dio a mí para que la cuide. ¿Me ayudarás a hacerlo? —pregunta, clavando sus ojos ambarinos en los de Sophie.

Antonia percibe el sobresalto que Sebastián produce en Sophie. Por eso toma la mochila de su hijo y echando a andar le dice:

—Ya veremos. Por ahora más vale que nos demos prisa. Tu padre ha olvidado la llave de la casa y puede llegar en cualquier momento.

El mundo de Antonia

En el auto, los niños la llaman por su nombre y desde el asiento trasero le hacen preguntas que Sophie responde con palabras lentas. Imagina que su acento puede resultarles difícil de entender. Sebastián toca su hombro y luego asoma la cabeza para mirarla. El contacto de sus manos y su olor un poco ácido le resultan incómodos.

Cuando vio el rostro alegre de Antonia en el aeropuerto, pensó que no sería capaz de sobrellevar la situación. Su parecido con Morgana le resultó, y le sigue resultando, doloroso. Además, advirtió de inmediato que los mundos que las envuelven son diametralmente diferentes y que le será difícil establecer algún contacto con ella.

Mientras avanzan por calles arboladas y serenas, Sophie quisiera diluir su angustia en palabras, pero no puede. En el asiento trasero los niños comienzan a pelear. Al mirarlos, le parece que la rabia en sus rostros es tozuda y adulta.

—Basta —dice Antonia sin levantar la voz. Los vigila a través del espejo retrovisor, al tiempo que se echa a sí misma una mirada fugaz, y en un gesto rápido se pasa la mano por el pelo, dejando su amplia frente al descubierto.

A Sophie le impresiona su indulgencia, o tal vez —piensa— es así como se hace crecer a los niños.

Después de atravesar la isla hasta el extremo norte, Antonia estaciona el automóvil en una calle tranquila, montada sobre una loma a cierta distancia del mar, frente a una casa alargada y estrecha, que pareciera no crecer en línea recta. Un pino de la calzada atraviesa la terraza del segundo piso, como si esta hubiera sido construida entre sus ramas. Cuando entran, Eloísa se larga a llorar. Ha olvidado en el colegio su dragón con cabeza de hormiga.

Mientras Antonia ordena las bolsas del supermercado en la cocina, los niños revolotean alrededor de Sophie y le enseñan unos dinosaurios de goma que ella apenas mira. A pesar de su calidez, la casa de Antonia la intimida. Nunca imaginó que un lugar pudiera tener tantas cosas. No hay rincón donde la mirada no se encuentre con muebles, juguetes, libros, papeles, revistas, cuadros, dibujos pegados en las paredes con tachuelas, además de colecciones, como cerillas en un jarrón de vidrio y aeroplanos en miniatura alineados en las repisas. Todo ocupa un lugar incierto. Da la impresión de que las cosas han llegado ahí por casualidad y que cualquier día podrían cambiar de sitio. Los muebles tienen dimensiones desproporcionadas para el espacio y parecen ser despojos de un mundo más grande. En medio de este torbellino, Sophie distingue en un rincón una fotografía de Morgana. Su mirada impetuosa, el cabello abundante recogido en una trenza, la Morgana que ella conoció. Sobre una mesa de rincón se topa con otras fotografías en sus marcos de plata. Los padres de Morgana, Antonia en el día de su matrimonio, el pequeño Sebastián de bañador y un trofeo en sus manos con la forma de un pez. Busca alguna imagen de Diego y no la encuentra. Los chillidos de los niños se hacen más agudos. Un peso oprime su pecho. Abre una puerta con la esperanza de hallar un baño.

Extiende las manos con las palmas hacia abajo frente al grifo abierto. Al cabo de unos minutos las voltea y deja caer el agua sobre ellas, repitiendo el mismo rito varias veces. Luego toma el jabón, hace una abundante espuma y se refriega las manos. Otra vez las palmas hacia abajo y hacia arriba, dejando escurrir las burbujas. Poco a poco va recobrando la calma perdida. Cuando sale, Antonia la está esperando. Eloísa, pegada a sus piernas, mira hacia el interior del baño con expresión seria.

—Vamos, pensé que te ibas a quedar allí para siempre —bromea Antonia—. Ven, te he preparado una limonada —dice, mientras la conduce a la terraza que Sophie vio desde la acera—. Aquí podrás reposar mientras yo baño a los niños. Ramón, mi marido, será quien cocine esta noche, ya debe estar por llegar.

A pesar de su parecido con Morgana, Antonia da la impresión de estar arraigada a la tierra de una forma que ni Morgana ni ella lo estuvieron nunca. Su solidez la conmueve. Pareciera provenir de la determinación y el esfuerzo por evitar que el mundo de lo intangible la embelese. Lo ve en sus gestos contenidos, justos, que doblegan el ansia de sus ojos.

Sentada en una tumbona, Sophie observa el pino, que al emerger del centro de la terraza produce la sensación de estar al interior de un jardín. Una brisa marina sacude las buganvillas que se asoman por las barandas. Se saca los zapatos de tacón bajo y siente la tibieza que aún guarda la madera del piso en la planta de sus pies. A su alrededor todo empieza a posarse, tranquilo, en su lugar voluble: la mesa, las macetas de hortensias azules y malvas, el triciclo del rincón. A lo lejos, entre las nubes, las estrellas tempranas sueltan sus destellos sobre la palidez del cielo. Cierra los ojos y escucha las voces de Antonia y sus hijos que la alcanzan desde el tercer piso. No sabe cuánto tiempo ha transcurrido cuando la oye a sus espaldas.

—Sophie, mira, te quiero preguntar algo —asomada a la terraza la observa con expectación. Eloísa está en sus brazos—. ¿Cuál fue el primer poema que mi madre te regaló?

—Tiene un nombre muy peculiar. «Yo sé que ver y oír a un triste enfada» —responde Sophie sin vacilaciones.

—«Me voy, me voy, pero me quedo, pero me voy, desierto y sin arena» —recita Antonia, y ambas sonríen. Eloísa alega que tiene hambre y Antonia vuelve a sus labores.

Sophie recoge los pies desnudos sobre la tumbona. Una emoción remota la sacude violentamente y luego desaparece. Piensa que si tuviera más coraje habría intentado tocar esa emoción antes de que se esfumara.

*

Tanto Antonia como Ramón están de acuerdo en que la brisa tibia que llega a la terraza desde el mar pronto traerá lluvia. Antonia fuma, también ella. Tiene una manta de lana que le ha dado Ramón sobre las piernas. Toman el champán que trajo de París para celebrar su encuentro. También les ha traído regalos a los niños. Un camión eléctrico a Sebastián y una caja de cuentas para hacer collares a Eloísa. Está segura de que a Eloísa no le ha gustado su regalo. Desde el interior de la casa se escucha la guitarra de un flamenco con tintes modernos. Ramón y Antonia se balancean en una mecedora desvencijada. Sin soltar la mano de Antonia, los ojos negros de Ramón miran a Sophie con fijeza cuando le habla. La amabilidad y la simpatía se desprenden de cada uno de sus comentarios. Es delgado, al punto que los huesos parecen prevalecer sobre la carne. Se mueve con lentitud pero sin pereza, como si cada cosa tuviera un lugar importante en su escala de prioridades, por muy pequeña o banal que pudiera parecerle a un hombre más pragmático. Cocinó sin premura una cena que comieron bajo el resplandor de un par de velas.

A lo lejos, las primeras luces de los barcos titilan heladas en la penumbra. Sophie suelta el humo formando anillos que combaten con el aire por un instante, y luego se desintegran. Hablan de los abuelos de Antonia y de la familia de Ramón. Antonia bebe de su copa a pequeños sorbos y sostiene sin mucha habilidad su cigarrillo. Él le cuenta que su tatarabuelo llegó a la isla escapando, no está claro si de una peste o de la ley. Antonia, en cambio, pertenece a una familia que arribó ahí en tiempos inmemoriales. Una familia letrada, de alcaldes, jueces y ministros. De allí la carrera diplomática de su abuelo. Es una lástima que le hubiese tocado ser diplomático de Franco, declara Antonia, pero lo que siempre lo salvó de la inhumanidad fue su devoción por la poesía. El amor que heredaron su hija y su nieta, piensa Sophie.

—Señoras, lamento tener que dejarlas —anuncia Ramón con una sonrisa llana, mientras se levanta y besa a Antonia en los labios—. Mañana tengo que levantarme al alba a corregir exámenes.

—Creo que voy a terminar esto antes de subir —dice Antonia, alzando su copa.

—Y yo —indica Sophie.

Acordaron más temprano que esta noche Sophie dormirá en el escritorio de Antonia, en la cama donde ella suele recostarse a leer. Cuando Ramón desaparece tras los cristales de la sala, una membrana de silencio las envuelve. Antonia no hace preguntas y Sophie no quiere avasallarla con sus propias interrogantes. Recuerda la última posdata de su primer correo. No sabe, sin embargo, cuán profunda es su ignorancia.

Antonia se frota la cara con las manos. Parece detenida en un pensamiento, luego recapitula en voz alta:

—Ustedes fueron muy amigas, ¿verdad?

—Mucho.

—Como Anne Sexton y Maxine Kumin.

—Sí —afirma Sophie, sonriendo—. Como ellas.

—¿Y a mi padre, le conociste?

—También —señala Sophie con cautela. Escruta su rostro. Antonia juguetea con un mechón de su cabello ondulado, tira de él y lo mira con fijeza. Percibe la tensión de sus ademanes.

—Debió de ser muy duro entonces para ti cuando ocurrió el accidente —señala Antonia.

—Fue devastador. Yo estaba lejos, en París, y nunca supe los detalles —declara, esforzándose por no abandonar la prudencia. Pero no puede evitar un vuelco en su interior, un movimiento oscuro y lento.

—¿Sabes lo que a mí me ha dado vueltas en la cabeza por años y años? —pregunta Antonia. El ceño que aparece en su frente transforma su

expresión casi infantil en la de una mujer madura—. Que una omisión tan insignificante, como
olvidar encender las luces, quiero decir, tan solo
un segundo de negligencia, lleve a otro segundo
tan definitivo y fatal —esto último lo dice en un
susurro casi inaudible, pero luego vuelve a alzar la
voz—: Ya ves, dicen que el chófer del camión
nunca se recuperó, y que perdió la razón.

Antonia, sin saberlo, le ha dado la respuesta a una de sus interrogantes. Su vida, con todos
sus detalles, está construida sobre la realidad falsa
e incompleta que sus abuelos compusieron para
ella. ¿Pero tiene acaso derecho a remover sus bra-
sas, a quitarle una historia y entregarle otra, un
pasado que tal vez estalle en sus manos?

—¿Sabes a lo que más le temía tu madre
en el mundo? —le pregunta—. A desaparecer.

—¿Qué dices?, ¿a morir?

—No, no a morir, sino a evaporarse, a desvanecerse de repente —dice Sophie, y abre los dedos
de las manos como si explotaran—, que no quedara
nada de ella, y nadie, nunca más, la recordara.

No le dice, sin embargo, que también era
el temor de su padre.

Los primeros años, cuando cerraba los ojos
veía su rostro, el de Morgana, sus pómulos pro-
nunciados, su pelo de rizos. Olía su perfume de
lavanda. A Diego no podía verlo, por lo doloroso
que le resultaba. A Diego ni siquiera puede nombrarlo en su memoria, tal es la dimensión del dolor que aún ahora, después de tantos años, le provoca su muerte.

Las nubes cargadas de agua avanzan con
rapidez desde el fondo del mar. Por un momento quedan atrapadas en un fogonazo de silencio.

Sophie piensa que las dos los hicieron desaparecer. A ambos. Antonia, con la ignorancia que le impusieron sus abuelos, y ella, con su prolijo trabajo de desmemoria.

La última vez

Sophie despierta sobresaltada. El día se ha asentado en la ventana, pero aun así el pueblo parece seguir rendido al sueño. Observa los libros arrimados a montones en el piso, en la silla y en el robusto escritorio de madera. Su mirada se detiene en una fotografía de los niños. Ella mira con seriedad hacia la cámara. Él tiene una sonrisa que deja dos hoyuelos en sus mejillas. Sus ojos son ambarinos.

Los ojos de Diego.

Se reincorpora, enciende un cigarrillo y se pasea por la habitación. El viento se cuela por la ventana que, a pesar de la lluvia, Antonia dejó entreabierta por la noche. «Para que entre el aire marino», le dijo. Lo oye andar entre los libros y los papeles dispersos, entre las sábanas y las violetas aún dormidas en un jarrón.

El viento de Morgana.

Puede casi oír su voz recitando: «¡Preciosa, corre, Preciosa, que te coge el viento verde!».

Fue su madre quien le dio la noticia. La prensa habló de un enfrentamiento, de resistencia armada. Pero el amigo de Diego que las llamó a París les reveló que habían muerto sin defenderse, acribillados por ráfagas de metralletas y sus cuerpos arrojados a una fosa común cuyo destino nadie conoce.

El recuerdo se vuelve preciso. Se despertó por la mañana con la mano de su madre en la suya, el contacto cálido de su piel, sus ojos enrojecidos, las palabras que salían de su boca a pedazos, como si alguien las desmontara desde dentro. Diego y Morgana habían caído. Por primera vez la noción de lo definitivo se hizo real.

Ella nunca procuró hallar sus cuerpos. Tampoco supo si los padres de Morgana lo intentaron, si pudieron enterrarlos, si hay un sitio —en algún lugar de ese país lejano— donde descansan sus restos. Un lugar donde algún día podría sentarse a llorarlos.

La voz de Antonia le llega desde el cuarto contiguo:

—Anda, recoge eso; si no te apuras llegaremos atrasados.

Alcanza a oír a Sebastián, pero no a distinguir sus palabras. El viento sigue soplando en silencio. Desde el escritorio llega el aroma penetrante del ramo de violetas.

Sophie y su madre estaban llenas de rabia. Cada una, a su tiempo, había sido traicionada por Diego. Y a pesar de que en sus noches de insomnio Sophie oía la tristeza de su madre, las dos eludieron hablar. Para Monique, lo que él le había hecho a su hija resultaba aún más doloroso que las múltiples infidelidades de las cuales ella había sido víctima durante su matrimonio.

En el fondo de la bruma matinal divisa el mar. La isla entera parece sumida en la niebla. Un perro tímido y enflaquecido cruza la estrecha y sinuosa calle desierta. Los recuerdos vuelven a asaltarla. Son sólidos y concretos, y desde dentro la golpean.

La última vez.

El día antes de partir a París le habló a su padre por teléfono para decirle que cuando ella fuera al departamento a recoger sus cosas, no quería que Morgana estuviera presente. Le pidió a Camilo que la acompañara. Él le preguntó si la esperaba fuera, pero ella insistió en que entraran juntos. Abrió con su propia llave. Su padre apareció bajo la luz del recibidor. Alcanzó a vislumbrar en su rostro el destello de una esperanza que se apagó al instante, cuando la silueta de Camilo surgió tras ella. La intimidad con su hija le estaba vedada. Por un segundo, Sophie quiso abrazarlo. Pero sus músculos estaban ateridos, un frío que sabía congelaba también su expresión. En la mesa divisó una tetera de greda y dos tazones. Era la tetera de Morgana, con la que ambas solían tomar el té. La rabia volvió en su estado más puro, violento y seco. Apretó los dientes y entró a su cuarto. Camilo, cauteloso, permaneció en la sala. Diego la siguió. Sophie recogió sus cosas sin hablar ni mirarlo. Apoyado contra un muro, él encendió un cigarrillo que nunca volvió a llevarse a la boca. Observó cada uno de sus movimientos, y aun cuando Sophie no cruzó con él su mirada, podía intuir la textura implorante y dolida de sus ojos. El humo de su cigarrillo, en lugar de remontar, se extendía y la alcanzaba, como si su padre intentara tocarla silenciosamente.

Llenó la valija con sus pinturas y lápices y dejó dentro del armario gran parte de su ropa. Era una maleta pequeña, la misma con que unos años antes había llegado a Chile. Frente a su padre rompió uno a uno sus dibujos, luego salió al pasillo y arrojó los pedazos de papel al incinerador. En menos de una hora ya estaba preparada para partir. Él insistió en llevarla en su automóvil adonde ella quisiera ir, pero Sophie fue implacable. Camilo la ayudaría con la valija. «¿No quieres quedarte aquí esta última noche?», le preguntó él en un intento final, y ella, sin responderle, tomó su maleta y le dio un beso en la mejilla. Diego la tomó por los hombros con suavidad. Sophie percibió sus dedos sudados que temblaban. Otra vez las ganas de retroceder en el tiempo, de que el embarazo de Morgana nunca hubiera ocurrido, ganas de olvidar, de perdonar, de dejar caer su cabeza en el pecho de Diego, de reposar al fin del largo viaje hacia la oscuridad.

El sol se asoma frágil tras una montaña. Sophie cree ver el momento preciso en que el cielo cambia de tonalidad. Se sienta en el borde de la cama, mientras escucha los pasos de Antonia que van y vienen en el pasillo.

—Termina de peinarte y no tardes. Te espero en la cocina, ¿me has oído? —dice, y luego la oye descender las escaleras.

Diego los acompañó hasta el ascensor. Sophie le pidió que no bajara con ellos. La última vez que lo vio tenía los ojos hundidos en sus cuencas, ambas manos alzadas, las palmas abiertas a la altura de su pecho. Un adiós derrotado. Su rendición.

La puerta de la alcoba cruje, se abre, y ve asomarse la cabeza color miel de Sebastián. Su flequillo es disparejo, como si alguien lo hubiera cortado a tijeretazos. De su sonrisa se derrama una alegría simple y plena que deja al descubierto sus dientes pequeños.

—Hola —dice sin entrar. Sophie guarda silencio. Ahora él la mira, escrutándola. Sus ojos inquisidores la perturban.

—Eloísa ha dicho que ha dormido mal porque no tenía su dragón hormiga. Yo siempre duermo bien. ¿Y tú?

—Yo también —miente Sophie. No va a hablarle a un niño de siete años de sus eternos insomnios. De hecho, piensa que no tiene nada de qué hablarle.

—¿Puedo entrar? —pregunta Sebastián de vuelta a su sonrisa que ahora enciende su rostro como una luz de neón.

—Tu mamá te ha dicho que bajes —señala Sophie sin dejar de pasearse por la alcoba. Se da con una silla en un pie descalzo y emite un leve gemido.

Sebastián, aprovechando la distracción de Sophie, entra con rapidez y la abraza. Por su escasa estatura tan solo alcanza sus piernas.

—Suéltame —le pide Sophie—. Por favor.

—No puedo —responde Sebastián—. Hay un hombre en la playa que lleva un cartel que dice «Regalo abrazos». Todas las chicas se le acercan. Mamá dice que es guapísimo. Él me dijo que podía trabajar con él. Ahora somos socios.

—Por favor, suéltame —balbucea Sophie.

—Es mi trabajo.

Los brazos delgados y pequeños que aprehenden sus piernas la ahogan.

—¡Sebastián! —escuchan la voz de Antonia.

—Me tengo que ir —anuncia el niño y sale del cuarto con una sonrisa satisfecha.

Sophie experimenta un repentino agotamiento. Se echa en la cama y cierra los ojos. El abrazo de Sebastián ha sobrepasado su capacidad de resistencia. Estuvo a punto de gritarle, de deshacerse de él bruscamente. No sabe qué hace en casa de Antonia, en el centro mismo del asunto que ha evitado gran parte de su vida. La empalagosa cotidianidad familiar, los gritos de los niños, el olor a tostadas que sube por las escaleras y se cuela por la rendija de su puerta, atentan contra ella, contra su equilibrio y las formas que ha encontrado de protegerlo.

Cuando Camilo y ella salieron a la calle, Morgana estaba al otro lado de la acera. Los autobuses la revelaban y luego la ocultaban, un instante estaba allí y al siguiente desaparecía. Llevaba una falda larga y colorida, de esas que ambas compraban en las ferias de artesanía, sus brazos caían lacios, fatigados. Aun a esa distancia, podía ver su expectación. De pronto, Morgana se llevó ambas manos a la boca, en el preciso instante en que tal vez vio el pedazo de hielo que se había instalado en el corazón de Sophie. Esta es la última imagen que tiene de ella.

Ciento sesenta y dos cartas

Sentadas a la mesa de la cocina, y mientras toman café recién molido, Antonia le enseña la fotografía en el periódico del hombre que se lanzó al vacío. Cae verticalmente, con la perfección y el estoicismo de una flecha. Hay fuerza y vehemencia en su caída. Se diría que, aun conociendo su destino, el hombre decidió ser fiel a sí mismo hasta el final. Sophie advierte la emoción que la imagen produce en Antonia. Es un periódico del 12 de septiembre, el mismo día que, después de oír el testimonio de Brian Clark en la televisión, pensó por primera vez en Antonia. En su hermana perdida. Y ahora que la tiene al frente, no sabe cómo empezar a reconstituir la historia para ella, tampoco sabe si debiera, ni si es capaz de hacerlo.

Bajo la mirada atenta de una jirafa de peluche, Antonia le pregunta si Sebastián le dio un abrazo. Es su nueva afición. Le cuenta la historia del chico de la playa, y ambas ríen. Por la ventana se asoma un jardín de helechos en cuyo centro hay una fuente de estructura simple. Cuando callan se oye el sonido del agua, un silbido parecido al de un instrumento de viento que alguien tocara a la distancia. De tanto en tanto, su fluir se detiene, y el silencio se hace presente.

—¿Por qué la fuente se apaga y luego vuelve a encenderse? —pregunta Sophie.

—¡Lo has notado! —exclama Antonia alegremente—. No muchos lo hacen. Es un homenaje secreto a Saramago. Él dice que no hay silencio más profundo que el silencio del agua.

Y mientras ambas se quedan escuchando la pausa de la fuente, Sophie tiene la sensación de que una mano invisible se cierne sobre ellas.

Antonia le pregunta si después del café no le importaría acompañarla a la biblioteca a dejar unos libros y que luego puede mostrarle la isla.

En el ambiente distendido de la mañana, la espontánea intimidad de Antonia le insufla optimismo. La perspectiva de un paseo junto a ella, su rostro despejado y joven, el trozo de cielo azul que se divisa por la ventana, parecen decirle que las cosas no son tan complicadas y difíciles como aparentan ser.

Quiere saber de qué va la tesis de Antonia, la que le mencionó en su mail. Antonia le explica que, basándose en la correspondencia amorosa de los poetas de la generación del 27, escribe sobre la imposibilidad del amor como se ha empecinado nuestra cultura en concebirlo: un estado de felicidad perenne. Sophie le pide que le explique más.

—El verdadero amor es el amor imposible. El que nunca llega a asentarse por completo —expresa Antonia, mientras toma su pelo con rapidez y con un nudo lo sujeta bajo su nuca.

—No entiendo —dice Sophie para ocultar la impresión que el gesto de Antonia ha provocado en ella, un gesto que la lleva de forma irremisible a Morgana.

Antonia trae un vestido de flores azules, holgado y de finas tirillas, una de las cuales se ha deslizado por su hombro. Echada hacia adelante, la taza de café sujeta con ambas manos, sus clavículas sobresalen, formando unas hendiduras que hacen pensar en dos cuencos.

—Para no morir, el amor tiene que ser constantemente perturbado por todo aquello que lo hace imposible.

—¿Y tú crees de verdad eso?

—Claro —dice Antonia. Las comisuras de sus labios se levantan sin alcanzar a ser una sonrisa, luego detiene sus ojos oscuros e intensos en la ventana, con una concentración que recuerda a los atletas antes de iniciar una competencia. Un gesto que le recuerda otra vez a Morgana—. Me he preguntado muchas veces, sobre todo ahora que escribo sobre el tema, qué tipo de amor era el que unía a mis padres.

Sophie piensa en su amor lleno de obstáculos, en el padecimiento que debió provocar en ellos la traición, el dolor en el que estaba fundado.

Es la primera vez que les concede la palabra amor.

Su padre le escribió ciento sesenta y dos cartas. La última que recibió tenía como fecha el 10 de septiembre de 1973. El día anterior al golpe de Estado. En ninguna de ellas dejó de decirle que la quería. Tampoco dejó de nombrar a Morgana. Al abrirla, lo primero que hacía era buscar su nombre. Cuando lo encontraba, volvía a guardar la carta en su sobre sin leerla ni contestarla. Él era incapaz de entenderlo, de descifrar el mensaje encapsulado en su silencio.

A pesar de que la mayor parte de su vida no vivió con su padre, él siempre le había pertenecido. Las mujeres pasaban ante él como los lugares. Podía gozar la experiencia de contemplar una cara bonita o poseer un cuerpo nuevo, pero jamás consideraba la posibilidad de asentarse. Desde que tuvo uso de razón le hizo saber que ella era el centro de su vida. Por eso la inquina que al principio sintió hacia ambos fue cargándose hacia él. Así lo vio entonces y durante los años venideros, hasta que dejó de verlo, hasta que, aun cuando sus cartas siguieron guardadas, junto con Diego dejaron de existir.

El invierno llega siempre desde el mar

Al momento de subirse al automóvil de Antonia, Sophie, avergonzada, le confiesa que no quiere registrarse en su hotel. Antonia ríe, está encantada de que se quede el resto de los días en su casa, le dice, y luego le cuenta que a ella tampoco le gusta la soledad de los cuartos anónimos. La única vez que estuvo sola en un hotel fue tal su angustia, que se vistió en mitad de la noche, salió a la calle y no volvió hasta la madrugada.

Tras la aparente solidez de Antonia, Sophie percibe su misma fragilidad, una cierta ineptitud para la vida, una incompetencia que las hermana. Entiende que no puede presentarse de pronto en su vida y destruir sus cimientos. Hablarle con la verdad sería eso precisamente.

Antonia detiene el automóvil frente a la biblioteca, el inmueble más grande de la isla.

—Dicen que tiene un millón de libros y la llamamos Babel —señala.

Mientras Antonia devuelve un par de libros a la bibliotecaria, Sophie mira a su alrededor. Imagina a Morgana sentada frente a una de las mesas, leyendo acaso a Lorca, el libro que ella debería haberle traído a Antonia, pero que en el último instante dejó sobre el velador, por miedo a tener que explicarle la forma en que este había llegado a sus manos.

Ahora transitan por calles bañadas de luz, circundadas por palmeras y casas blancas que brillan como láminas de latón. Y en el fondo, siempre el mar que parece sorber todo el azul del cielo.

—No he visto fotografías de tu padre en tu casa —se aventura a decir con sigilo.

—Es que no tengo.

—¿Nunca le has visto?

Antonia hace un gesto negativo con la cabeza.

—¿Qué sabes de él? —le pregunta.

—Lo que tú vayas a decirme —replica Antonia, encogiéndose de hombros.

Mientras conduce, Antonia le muestra la plaza y sus gigantescos baobabs, la fachada colorida y tropical del correo, los edificios con reminiscencias orientales.

—Pero vamos, tienes que saber algo más.

—Claro, sé que se llamaba Diego, Diego Menéndez, que era mayor que mi madre y que nunca se casó con ella.

—¿Nada más? —pregunta Sophie.

—Mis abuelos nunca me lo dijeron con todas sus palabras, pero sí me dieron a entender que de averiguar más me encontraría con un hombre del cual me avergonzaría. Que era mejor no saber —sonríe valerosamente.

Antonia ha nombrado a Diego. «Diego», la forma en que ella se refería a su padre desde niña, y que a Morgana siempre le llamó la atención. También le ocultaron su verdadero apellido, para que nunca lo pudiera encontrar. Sophie siente un acceso de rabia y de tristeza. Quisiera decirle que sus abuelos cometieron una injusticia, que Diego fue noble e íntegro, un hombre que quiso cambiar el mundo. Sin embargo, tendría que decirle también que si hubiera vivido, hace tiempo habría renunciado a sus ideales —como lo hicieron tantos otros de su generación— y que tal vez incluso las hubiese abandonado a ella y a su madre. Tendría que decirle que cada una de esas deserciones habría dejado sus marcas, el ceño más profundo, las hendiduras en su frente más marcadas, el rictus de su boca más severo, y que en lugar del brillo dorado, en sus ojos estarían instalados el cinismo, la decepción o la complacencia.

—Nunca te habrías avergonzado de él, Antonia —afirma Sophie con la voz alterada, sin poder ocultar la emoción que le provoca decirle estas palabras a la mujer que tiene a su lado y cuyo lazo aún no logra hacer real en su conciencia.

Hasta este instante ha experimentado por Antonia una curiosidad casi fría. Pero de pronto siente por ella una inmensa ternura. Vuelve a sentir la contradicción —recurrente desde su llegada— entre el deseo de escapar y la imperiosa necesidad de seguir hasta el final; aun cuando ese final sea difuso, y quizás resulte ser apenas el intercambio de unas cuantas vivencias, para después cada una retomar su camino.

—¿Por qué estás tan segura de eso? —pregunta Antonia, y se queda mirándola con una expresión llena de viveza.

—Porque lo conocí lo suficiente —responde Sophie, y luego se detiene en seco bajo la presión de la mirada atenta de Antonia.

Sabe que camina por la delgada línea que divide lo verdadero de lo falso, y que ambas instancias son pantanos de los cuales no saldrá indemne. Pasan frente al municipio, un rectángulo de vidrio en cuyos espejos se reflejan las siluetas coloridas de los transeúntes. Lo que necesita es tiempo. Tiempo para conocer y sopesar los sentimientos de Antonia, su fortaleza, su deseo real de saber, tiempo para cristalizar sus propias emociones. Descubre que una forma de avanzar —hacia un sitio que aún no conoce— es contándole, sin sentimentalismos, hechos concretos que hablen de él. Le cuenta entonces de la estrecha relación que su padre tenía con el presidente Allende, de sus convicciones y la forma siempre fresca de defenderlas y plantearlas, de sus conocimientos sobre los temas más versados, le habla de su amor por Brassens y de la atracción instantánea que ejercía sobre las mujeres, expresando todo esto con una soltura que, encerrada en años de silencio, había casi olvidado. Teme, sin embargo, que su espontaneidad genere en Antonia un brote de afecto, una situación que ella no sabría cómo manejar.

A medida que se acercan a la costa, la isla va haciéndose más solitaria. Al mirar el mar, Sophie advierte que la nervadura del horizonte es particularmente oscura.

—En el verano esto es un hervidero de gente —señala Antonia—. Estos quioscos que ahora ves abandonados, no cierran ni por la noche. Pero los isleños no venimos a esta playa. Las nuestras están al otro lado de la isla. Mañana te llevaré. Allí el mar no tiene misericordia con las almas débiles —dice riendo.

Estaciona el automóvil en un aparcamiento solitario y se largan a caminar. La playa es tan extensa, blanca y desierta, que produce la impresión de ser un lugar sin límites. Caminan una junto a la otra por la orilla del mar. Unos pocos metros hacia dentro, el agua es serena, como la de un lago.

—¿Y cómo se conocieron? —pregunta de pronto Antonia en un susurro apenas audible.

—¿Cómo dices?

Antonia repite la pregunta en un tono más alto.

—¿Ellos? —inquiere Sophie.

—Todos, tú, mis padres —la observa atenta con sus ojos de pestañas largas que le dan un aire nostálgico.

Un esquiador acuático remolcado por una lancha cruza su campo visual y deja una estela blanca tras de sí. Resulta tan inesperado en esa soledad, que ambas lo miran hasta que desaparece.

—Nos conocimos en Chile. Vivíamos en el mismo edificio. Eran unas torres muy modernas para ese entonces en Santiago. Primero nos conocimos Morgana y yo, luego ella conoció a Diego.

Le impresiona cómo, sin mentir, puede continuar sorteando la esencia de la historia. Le cuenta que inventaban palabras y que con ellas creaban un mundo que les pertenecía. Antonia responde tomándose de su brazo, como suelen hacerlo las antiguas amigas. Es un gesto que la perturba. Apura un poco el paso, hasta lograr desembarazarse de su contacto y luego continúa hablando. Le cuenta del desconcierto de Diego, cuando en ocasiones ellas unían frases de diversos poemas que en su conjunto solo hacían sentido para ambas; le menciona la eterna inquietud de Diego, su curiosidad por todo aquello que no conocía; le describe sus ojos ambarinos que miraban con fijeza, alertas a los más sutiles vaivenes de su interlocutor. Antonia la sigue con atención y sus cejas espesas adoptan expresiones emocionadas y reflexivas.

—Sebastián sacó sus ojos —dice Sophie, y al pronunciar estas palabras es incapaz de seguir. Se muerde los labios y vuelve la vista hacia el mar.

En el fondo, los reflejos plateados empiezan a desvanecerse. Afloja la marcha y busca con nerviosismo en su morral un cigarrillo. Deben detenerse para encenderlo. Con ambas manos, Antonia la ayuda a proteger su labor del viento. Después de encenderlo sigue caminando con la vista clavada en la arena.

—¿Ves esa raya oscura en el horizonte? —pregunta Antonia después de un rato—. Es la primera señal del invierno. Aquí el invierno llega siempre desde el mar.

El esquiador vuelve a cruzar su campo de visión, esta vez hacia el lado opuesto y más cerca. Alcanzan a ver que lleva un traje de goma.

—Ya es hora de recoger a los niños. Tenemos que regresar —señala Antonia.

Cuando entran al auto, un viento tibio, de esos que preceden a las lluvias, levanta con fuerza la arena de la playa. El cielo cambia de color, la orilla de textura y el mar de resonancia.

—Llegó el invierno —murmura Antonia.

La mujer imperfecta

La lluvia tamborilea tras las rendijas de la vieja ventana.

Antonia apaga la lámpara de la mesilla de noche, se arrima a Ramón y reclina la cabeza sobre su pecho. Él acaricia su pelo, la envuelve en sus brazos y la atrae más hacia sí. La luz de las farolas de la calle se asoma entre las cortinas entornadas. Antonia intenta explicarle por qué se encuentra tan cansada. Ha sido un día larguísimo. El paseo intenso con Sophie, bañar a los niños que llegaron empapados por el violento chaparrón, preparar la cena, hacerlos dormir y luego dejar todo en orden para mañana.

—Ramón —dice Antonia después de un largo silencio—, mi padre era chileno.

—¿Estás segura? —pregunta él, reincorporándose.

Antonia hace un gesto de asentimiento con la cabeza gacha. Ramón enciende la luz y tomando su barbilla dice:

—Mírame, Antonia.

Tiene los ojos anegados de lágrimas.

—¿Por qué me lo ocultaron, Ramón, por qué?

—Cuéntamelo todo.

—Hoy, en nuestra caminata por la playa, Sophie me habló de él, de su vida en Chile y cómo se conocieron. Fue amigo de Allende. Estuvo involucrado en su gobierno.

—Pero esto no lo hace chileno, Antonia.

—Se lo pregunté a Sophie directamente.

Siente tristeza, pero sobre todo incertidumbre. Pareciera que la realidad se hubiera vuelto una capa delgada y frágil, que en cualquier momento podría quebrarse y llevarse consigo todas las certezas sobre las cuales se sustenta su vida.

—¿Te das cuenta, Ramón? Quién sabe cuántas cosas más me habrán ocultado los abuelos. Tal vez ni siquiera murieron en un accidente.

—Pero la prensa habló de lo ocurrido.

—Nunca vi los recortes. Era lo que se decía, lo que decían todos, que habían aparecido en los periódicos.

—Quizás las imágenes eran muy fuertes para que tú las vieras, cariño.

—Soy mitad chilena, y tus hijos un cuarto —sonríe Antonia.

—Mi chilenita —dice y acaricia su mejilla.

—Estoy segura de que Sophie estaba enamorada de mi padre.

—¿Por qué dices eso?

Hace una pausa antes de seguir:

—Si la escucharas sabrías a lo que me refiero. Te juro que tan solo alguien que le amó puede hablar como ella habla de él. Pero, además, no es tan solo lo que dice, también lo que no dice, sus silencios, no sé, las omisiones. Yo creo que las dos se enamoraron de él y mi madre le ganó la partida.

—Oye, suenas muy segura.

—Es que lo estoy.

—¿Y de tu madre, habló también de ella?

—También, pero cuando se enteró de que yo no sabía prácticamente nada de mi padre, me habló de él con más pasión, con más detalle que de ella.

—¿Piensas que por eso tardó tantos años en ponerse en contacto contigo?

—Es posible.

Antonia deja vagar la mirada por el cuarto en penumbras y se detiene en las flores del jarrón sobre la cómoda. Unas son amarillas, las otras de un azul profundo, tranquilizador. Sus tallos son muy finos y se arquean bajo el peso de las corolas y pétalos. La más grande se mantiene erguida con vehemencia, haciendo guardia sobre las otras.

—¿Sabes? Hay algo roto en su interior. No, no es «roto» la palabra adecuada. En un momento, cuando íbamos caminando por la playa, ella me dijo algo y yo tomé su brazo, ya sabes, un gesto de complicidad, y todo su cuerpo se crispó; reaccionó como si mi mano hubiera sido una pinza de cangrejo.

Ramón ríe.

—No te rías, suena divertido, pero no lo fue. Sentí el frío de su cuerpo, cómo decirte, era el frío de una piel que no sabe ser tocada ni sabe tocar. ¿Me entiendes? —pregunta arrugando la nariz.

Ramón asiente soñoliento.

—Nuestros cuerpos están hechos para calzar unos con otros —continúa con voz suave—. Cuando una mano toma otra mano, ¿has pensado en cuán perfecta es la forma en que se ensamblan?

—Y otras partes encajan aún mejor— interviene Ramón con una sonrisa lenta y burlona, al tiempo que presiona suavemente uno de sus pezones.

—Pero vamos, concéntrate en lo que te estoy diciendo, Ramón. Cómo explicártelo. Sophie parece estar hecha de una forma diferente a la del resto de nosotros, una forma que se vuelca sobre sí misma, como un círculo.

—¿De veras? Estás hablando de una mujer frígida, cariño.

—No, no es un asunto tan solo sexual, es más que eso, mucho más.

Del cuarto contiguo les llega un leve sollozo.

—Es Eloísa y uno de sus sueños. No sabes cuánto me apetece despertarla con un abrazo —dice Antonia.

—Espera —señala Ramón, y ambos guardan un silencio expectante.

Ya no vuelven a oírla. La luz encendida del pasillo se cuela por el ojo de la cerradura. Ramón sonríe.

—¿Ves? —dice.

Antonia recuesta otra vez la cabeza sobre su pecho.

—¿Sabes?, mientras Sophie me hablaba, por momentos tenía la impresión de que no era para mí que reconstituía sus recuerdos, sino para sí misma. Pero no por egocentrismo —vacila un segundo y luego continúa—: Pareciera estar envuelta en una membrana que la separa del mundo. Tal vez «desapegada» sería una palabra para describirla. Pero tienes razón, hay algo asexuado en ella, ¿no lo crees?

—Pues a mí me parece bastante guapa... —declara él con voz insinuante.

—¡Ramón! Estoy intentando hablarte en serio. Yo creo que Sophie es una mujer muy sola. Eso creo. Y que, además, su soledad es el resultado de una suerte de ineptitud para relacionarse con las personas, pero también de una opción consciente. Ha decidido ser inadecuada porque eso le acomoda.

—¡Vaya!, has llegado bastante lejos con tus conclusiones. Estuvo enamorada del novio de su mejor amiga, producto de eso se volvió una mujer asexuada y ha elegido el celibato como una opción de vida. Podría transformarse en objeto de estudio para tu tesis.

—No dije que su estado actual sea el producto de su historia. Y yo no estudio personas, tan solo poesías. ¡Ah! Hay algo más. Habla sola.

—¿Cómo te diste cuenta?

—La escuché. Tenía la puerta abierta del cuarto. Yo hacía dormir a los niños.

—¿Y de qué hablaba?

—Pues eso no lo sé.

—La artista perfecta.

—O la mujer imperfecta —indica Antonia.

Las siluetas de los árboles se agitan en el aire nocturno y su voz queda resonando en la noche sumergida en la lluvia. Ramón levanta con la frente su barbilla, besa su cuello y se trenzan en un abrazo.

Paula

Llueve. Es una lluvia fina, de suavidad tramposa, de esas que dependiendo del ángulo de la mirada pueden incluso desaparecer a la vista. Está segura de que viene del mar. Sophie ya ha aprendido que todo en la isla viene del mar: el invierno, la luz, el viento.

Se sienta sobre la cama, la espalda apoyada contra el muro, un cuaderno sobre sus piernas recogidas. Hace años que no dibuja un rostro. La representación del cuerpo humano dejó de interesarle muy pronto. Pero ahora quisiera bosquejar a Antonia. Traza sus cejas fuertes, su boca abultada, la composición simétrica de su faz, y de pronto algo ocurre. En el rostro de Antonia surgen los rasgos más acentuados de Morgana, y, extrañamente, también los de Paula.

Fue ella quien le habló de los últimos días de Diego y de Morgana. Se reunieron en un café, frente al cementerio de Père-Lachaise, el barrio donde Sophie y su madre vivían en ese entonces. Sophie se impresionó al verla. No era tan solo que estuviera enflaquecida, sino que había perdido todo aquello que le daba su identidad: su postura erguida, la expresión firme de sus ojos, su elegancia con acentos varoniles. Llevaba un vestido azul de tela gruesa, sin ornamentos, de un ascetismo que recordaba el tiempo que había pasado en prisión.

Muchos años después de su encuentro con Paula, cuando investigaba el cautiverio para una de sus instalaciones, Sophie descubrió que es difícil para los prisioneros —al recobrar la libertad— acomodarse al mundo exterior, y por un buen tiempo, aun teniendo la oportunidad de no hacerlo, viven en un ascetismo que emula el de su presidio.

Con calma y sin aspavientos, Paula le contó cómo había sobrevivido no tan solo a su cáncer, también a la casa de torturas. Fue llevada cuatro veces a «la parrilla». En el cuarto contiguo, los reclusos oían sus gritos y gemidos, y ella a su vez, cuando les llegaba el turno, escuchaba los suyos. Nunca supo por qué una noche la soltaron en medio del toque de queda, en una calle de los barrios marginales de Santiago. Caminó bajo el primer albor, ocultándose de los camiones militares que recorrían las calles. Cuando llegó a una avenida hizo parar un taxi. El hombre, sin hacer preguntas por su aspecto lamentable, la condujo al lugar que ella le indicó, la casa de sus padres. Esa misma tarde se asiló en la embajada de Venezuela junto a dos mujeres y cinco hombres que habían sido dirigentes de los partidos de la coalición gobernante.

Paula respondió solícita a sus interrogantes, pero de todas formas Sophie percibió su cautela. El verdadero padecimiento y la barbarie quedaban fuera de su relato. Paula debió notar que la fragilidad de Sophie se había acentuado, que su mirada no era directa y sus gestos nerviosos. Sophie quería que le hablara de Diego y de Morgana, pero al mismo tiempo no estaba preparada para oír cuánto se habían amado. Paula le contó del tiempo que vivieron clandestinos y de las casas donde ambos estuvieron escondidos —nunca juntos— por seguridad. Se veían de tanto en tanto, siempre con Antonia. En los brazos de Morgana iba de una casa a otra, de un encuentro a otro. Con el pasar de los meses, Morgana fue haciéndose más valiente y, oculta bajo la apariencia de una joven madre, establecía contactos y entregaba información. Adquirió el arte del silencio y de la evanescencia. Le contó que trabajaban bien juntas. Y a pesar de que nunca se lo mencionó, era evidente que Morgana sufría por Sophie. Al decir esto, Paula se quedó mirando hacia la calle por la ventana del café, hacia la esquina donde una mujer de cabello rubio, en cuclillas, le hablaba a un perro. Recuerda la expresión sombría de Paula, sus ojos que apenas parpadeaban, detenidos acaso para siempre en un estado de estupor.

El relato de Paula era minucioso pero distante. Parecía ser parte de una misión que se había impuesto a sí misma. Sophie presentía, además, que el desapego con que Paula narraba la historia de sus amigos y la suya era su única forma de no sucumbir y al mismo tiempo no olvidar. Sin embargo, sus miradas nerviosas alrededor dejaban entrever que el miedo persistía. Quizás —pensó Sophie—, a pesar de que Paula había logrado sobrevivir, la gran victoria de sus captores sería siempre haber insertado en ella la desconfianza. Por el resto de sus días, cada vez que sus ojos se cruzaran con otros, se preguntaría si no escondían a alguien capaz de odiar y torturar.

Ese fue su único encuentro. Al cabo de unos días, Sophie entró en uno de sus estados melancólicos y fue internada en una clínica. Después de ese episodio, su madre la alejó de todo contacto con los exilados chilenos que ya empezaban a llegar a raudales a París. Lamenta y lamentó siempre no haber sido capaz de darle a Paula más que una presencia sombría y conmocionada. Como se arrepiente de tantas cosas, sabiendo sin embargo que el arrepentimiento, sin una acción que remedie el daño, es tan solo una forma inútil de apaciguar la conciencia.

A través de la puerta escucha los pasos livianos y saltarines de los niños que van y vienen en el pasillo. La lluvia continúa.

Maldita culpa

Los niños han partido temprano con Ramón al colegio, y ahora Sophie y Antonia toman desayuno en la cocina. Desde la ventana entra un reguero de sol que atraviesa las minúsculas partículas de polvo. Sebastián apareció nuevamente por la mañana en el cuarto de Sophie y le dio su abrazo del día. Ella no se resistió como ayer, pero su contacto sigue pareciéndole inquietante. Antonia le pregunta por sus instalaciones, por sus esculturas y su relación con la poesía. Y aunque no suele hablar de su obra, Sophie se siente aliviada de no tener que continuar con los recuerdos.

Descubren no solo su amistad común con un poeta llamado Luis Muñoz, cercano a Alberti en sus últimos años, sino también que recuerdan el mismo de sus tantos poemas.

—Al final era cierto/ y la transformación no es sigilosa/ aunque se dé por partes/ de causa a consecuencia/ de contenido a continente/ de respuesta a pregunta —recita Antonia.

La mira y sonríe como se hace con las personas a quienes se cree conocer a fondo. Sophie sofoca la emoción. No quiere dejarse llevar por sentimientos de los cuales desconfía.

Después del café, Antonia la lleva a las playas que frecuentan sus habitantes. Allí la tierra se va estrechando y la playa, oscura y desierta, entra como una larga lengua en el mar. La arena es gruesa y está interrumpida por rocas en cuyas oquedades se estrella el agua salada. Caminan hacia el mar por el centro de la angosta península. Las olas alcanzan la arena por lado y lado. El sol de la mañana cae sobre la arena que exhala un vaho blanco. Por momentos, Sophie tiene la sensación de estar flotando sobre las aguas del océano. Los pájaros sobrevuelan el cielo y revolotean en la orilla, buscando su alimento después de la lluvia. Mientras caminan, el cabello de Antonia se encumbra con el viento, al igual que el de Morgana. De pronto, Sophie ve todo muy claro. No puede quitarle a Antonia la vida que tiene para darle otra llena de interrogantes. Cómo decirle que sus padres se amaron, que la amaron, si nunca los vio juntos como amantes, como pareja, si nunca quiso siquiera imaginar ese amor. No podrá contarle que murieron acribillados. Ni hablarle de ellos sin resentimiento. Tampoco será capaz de decirle que la abandonó por veintiocho años, que no quiso saber de ella porque era el fruto de una relación que la hirió hasta lo más profundo y que jamás dejó de lastimarla. No podrá confesarle que nunca buscó sus cuerpos, que la labor esencial de su vida ha sido olvidarlos. Antonia no se lo perdonaría.

El perdón sin verdad no existe. Ella misma lo ha repetido cientos de veces. Sin embargo, por primera vez, se encuentra en el banquillo de los acusados. Y desde allí las cosas se ven diferentes. Sin verdad no hay ojos acusadores, sin verdad no hay que dar explicaciones, sin verdad no hay evidencia de la culpa. Hablarle a Antonia sería dejar caer la maldita culpa sobre sí misma con todo su peso.

Siente urgencia por partir. Los días junto a Antonia se han vaciado de sentido. Quiere su estudio, su tranquilidad. Quiere el silencio de su espacio blanco.

La certeza de su soledad

Mientras Antonia y Ramón preparan la cena, Sebastián ha traído al cuarto de Sophie sus autos matchbox de modelos de lujo descapotables. Así es como él se los presentó al llegar. Ahora lleva un buen rato jugando con ellos en el suelo, bajo la mesa de trabajo de Antonia.

Sophie lo mira sentada sobre la cama. Él, de tanto en tanto, asoma la cabeza y le dice unas palabras que ella no alcanza a entender y luego continúa con sus murmullos que se hacen más enérgicos, después menguan, para al cabo de unos minutos volver a subir de volumen. De pronto apoya la coronilla en el suelo y la mira de revés.

—¿Por qué todo crece hacia arriba? —le pregunta.

—No lo sé —dice Sophie.

Recuerda las preguntas que la atormentaban de niña y que no se atrevía a formular. ¿Dónde se esconden nuestras sombras en la oscuridad? ¿Es que las ruedas de los automóviles caminan hacia atrás para atrapar el tiempo? ¿No sienten los objetos su orfandad?

Llama a Gerárd desde su celular. La señal en la isla no es buena. Sophie sabe que ha comenzado a hablar sola, a decir improperios en contra de su aparato telefónico y que por eso Sebastián vuelve a mirarla. Empequeñece los ojos con aire travieso y continúa jugando. Todo en su rostro parece ser más reducido de lo que debiera, sus ojos, su boca, sus minúsculos dientes, lo que contrasta con su forma decidida de actuar.

—¡Gerárd! —exclama feliz cuando por fin escucha su voz—. ¿Estás en el trotador? —le pregunta al percibir su respiración agitada.

—No, claro que no, me preparaba para salir a cenar —responde él.

Sabe que está con Alain. Advierte su impaciencia. Es probable incluso que estuviera haciendo el amor.

—Gerárd, necesito que me cambies el pasaje. Quiero volverme mañana —le pide con cierta brusquedad.

—Tu pasaje es para el próximo martes, ¿verdad?

—Sí, es para el martes. Pero quiero volver mañana —insiste.

—¿Estás bien? —le pregunta. El silencio se prolonga un instante en el que Sophie escucha el entrechocar de hielos.

—Claro, estoy bien —afirma—. Si es necesario comprar un pasaje nuevo, no importa. ¿Puedes hacer eso por mí?

—Siempre he hecho todo por ti —señala Gerard, y Sophie sabe que es verdad.

—Me avisas, entonces —en un tono más suave añade—: Gerárd, ¿cómo está Hurón?

—Bueno, no me ha dicho nada, tú sabes, es muy reservado, pero estoy seguro de que te echa de menos.

Sophie ríe. Alain quiere saludarla, señala Gerárd. Alain le hace preguntas de cortesía, como el estado del tiempo y si ha logrado descansar, y ella le responde con la misma amabilidad distante. Gerárd vuelve a tomar el auricular. Que no se preocupe, va a hacer lo posible por conseguirle un pasaje para mañana, le asegura. Después de cortar, Sophie guarda un momento el aparato entre sus manos, en un esfuerzo por mantener viva la conexión con Gerárd, por oír su voz haciéndole una pregunta tras otra, como suele hacerlo, sabiendo que eso no es posible, que Gerárd está con su novio, y que, aun cuando le habló con el cariño de siempre, tenía premura por volver a lo suyo.

Comienza a llover otra vez sobre un cielo color índigo y las gotas en la ventana brillan débilmente bajo el resplandor de las farolas ya encendidas. Mientras observa a Sebastián que juega concentrado bajo la mesa, y escucha sus rugidos que emulan motores, Sophie siente algo que no logra identificar.

Cuando Sebastián vuelve a mirarla, sabe por fin lo que es. Pero no quiere ponerle nombre. No quiere decirse a sí misma que lo que la ha asaltado de pronto es la certeza de su soledad. Todo es verdadero —el cuarto, los murmullos de Sebastián, Ramón y Antonia preparando la cena—, pero nada es real para ella.

—Mira, este puede alcanzar los 280 kilómetros por hora en diez segundos —le dice Sebastián, enseñándole un matchbox rojo.

—¿Cómo te ha ido con el asunto de los abrazos? —le pregunta Sophie.

Sebastián, sorprendido de que al fin ella le hable, deja el matchbox en el suelo y la mira.

—Más o menos —dice.

—Sophie no le responde. Teme que se refiera a su falta de entusiasmo para recibirlos, y vuelve la vista hacia la ventana. Bajo la lluvia, el último estertor del día se ha transformado en una docena de grises y negros; sin embargo, dentro del cuarto se respira un aire cálido, acogedor, al punto que llega a doler. Sebastián ha vuelto a su juego y ahora busca una nueva ruta para sus matchbox, más allá de los confines de la mesa.

—¿Tienes alguna tía? —le pregunta Sophie al cabo de un tiempo. Sus músculos se tensan.

—Sí, tía Isabel.

—¿Y quién es ella?

—La hermana de papá.

—Ahá —dice Sophie.

—Ahá— repite Sebastián. Desliza un auto azul y otro blanco, cada uno en una mano, en direcciones opuestas.

Desde el primer piso sube una música suave, como la de aquellas compilaciones de música celta que Gerárd adora. Sophie abre su cuaderno y observa los dibujos de Antonia que hizo por la mañana, pero lo cierra pronto, cuando vuelven los recuerdos. Pierde la mirada en el cuarto de Antonia, en sus papeles amarillos llenos de anotaciones pegados en el muro, en las piedras de diferentes formas y tamaños desperdigadas sobre las repisas, en ese caos que al comienzo la golpeó y que ahora ha dejado de importunarle.

—Y si yo fuera tu tía, si yo fuera hermana de tu mamá, ¿te gustaría? —dice de pronto. Pronuncia las palabras con lentitud, como si cada una de ellas fuera particularmente frágil.

—Mamá no tiene hermanas. Y el abuelo Manuel murió —responde Sebastián sin levantar los ojos de los dos autos que han colisionado, saltando a extremos opuestos de su pista imaginaria.

—Pero y si lo fuera, ¿te gustaría?

Sebastián la mira con una expresión que

Sophie interpreta como de curiosidad, mientras se frota los nudillos de una mano contra el pecho.

—¿Y? —le pregunta expectante.

—Me darías un regalo para mi cumpleaños y otro para Reyes, ¿verdad?

—Claro —replica Sophie.

—Entonces estaría muy bien —dice, y de rodillas comienza a buscar uno de los matchbox descapotables que ha desaparecido después del accidente.

El azar y la necesidad

La televisión, sin sonido, centellea desde la consola. Antonia está sentada al borde de la cama en pijama, como si dudara entre acostarse junto a Ramón o hacer alguna última labor antes de dormir. Toma el mando a distancia y da una pasada veloz por los canales, hasta detenerse en un programa sobre la vida de los peces.

Ramón, a su lado, lee un libro escrito por Jacques Monod. Lo encontró en la biblioteca del colegio donde hace clases. La lamparilla de noche ilumina su perfil recto, destacando el ligero movimiento de sus párpados.

—*El azar y la necesidad* —lee Antonia en la portada—. Suena interesante.

—Lo escribió un tío abuelo de Sophie. Es un premio Nobel. ¿Sabías que tenía un Nobel en su familia? —pregunta él.

—No tenía idea. Es raro, hablamos bastante, pero siempre tengo la sensación de que algo se me escapa. Pero vamos, cuéntame del libro.

—Bueno, poniéndolo de la forma más simple, el señor Monod sostiene que la biosfera es fruto del azar.

Mientras Ramón sigue hablando, Antonia observa sus rasgos parejos, sin estridencias, que no lo hacen particularmente guapo, pero lo bastante como para que cada vez que mira a una mujer ella le devuelva la mirada.

—Me gustaría saber bajo qué rotulo pondría

el señor de la biosfera lo que voy a contarte —dice, al tiempo que desata su trenza con cuidado.

Mira a Ramón de soslayo para comprobar si sus palabras lo han cautivado, pero él ha vuelto a enfrascarse en el libro. Mientras lee, sonríe con los ojos. En la pantalla de televisión unos minúsculos peces plateados de Turquía devoran células muertas de piel humana. A lo lejos se escucha la sirena de un barco.

—¿Me has oído? —pregunta Antonia, asomando su cabeza por sobre el libro.

Él lo cierra y acomoda las almohadas.

—Me has dicho que tienes algo que contarme —señala, cruzando las manos sobre su pecho.

—Exactamente. ¿Estás preparado?

—Tiene que ver con Sophie, ¿verdad?

—Pues, sí.

—Venga, cuéntame.

Afuera, las golondrinas revolotean en los sobradillos de las ventanas.

—Hoy por la tarde, cuando cocinábamos, me di cuenta de que hacía un buen rato que no oía a Seba. Imaginé que estaba en mi cuarto de estudio fastidiando a Sophie.

—Él no fastidia a nadie —alega Ramón y esboza una sonrisa.

—No sé, me da la impresión de que Sophie se siente incómoda con los niños. Pareciera temer lo que puedan pensar de ella. Y esto, claro, es un imán para Seba, tú lo conoces. Los viejos, los lisiados y todos los inadaptados del mundo.

—Eso es muy cierto —dice él con una expresión de orgullo.

Los sonidos de las golondrinas aumentan de volumen, también el ruido que hacen con sus espolones cuando se mueven inquietas de un lado a otro de la cornisa.

—Subí para ver si se encontraba con ella. La puerta del estudio estaba entreabierta. Miré y vi a Seba debajo de la mesa jugando con sus cochecitos muy tranquilo. Así que lo dejé y aproveché para ir a nuestro cuarto en busca de algo, no recuerdo qué.

Antonia se interrumpe. En la pantalla, un cardumen de peces negros se abalanza sobre un molusco.

—Cuando venía de vuelta escuché hablar a Sophie.

Baja la cabeza y su pelo, al caer, oculta su rostro. Ramón se inclina y desliza uno de sus rizos tras su oreja para mirarla. A pesar de su delgadez, sus manos son robustas, como las de un hombre que trabajara con ellas.

—¿Y? —le pregunta.

—No vas a creer lo que la oí decir —responde, al tiempo que juega con la alianza en su dedo anular.

—Venga, dilo ya —se impacienta Ramón.

—Le preguntó a Seba si le gustaría que ella fuera mi hermana.

—Debió estar bromeando.

—Por supuesto. Pero lo extraño es que no lo parecía. Hablaba en un tono de voz muy serio, casi grave diría yo.

—Pero eso es imposible. ¿Cómo a los veintiocho años va a aparecerte una hermana de la nada?

—De París, no de la nada —dice Antonia.

Ramón sonríe y toma una de sus manos.

—Estás helada, cariño —acerca los dedos de Antonia a su boca y los entibia con su aliento—. Ambos sabemos que jugaba —señala luego seriamente—. Pero aun así, podemos preguntarnos qué probabilidades hay de que estuviera diciendo la verdad.

—Ninguna —responde Antonia con voz tajante.

—Así no se hacen los descubrimientos. Pensemos cuáles podrían ser sus razones. Si no era un juego, pudo hacerlo para llamar la atención de Seba o para que él le diera otro abrazo.

—Nada de eso resulta creíble, porque, como ya te dije, es evidente que a Sophie no le gustan los niños y el interés que ella despierta en Seba le resulta incómodo.

—Entonces cambiemos la hipótesis. Pensemos que Sophie sí es tu hermana.

—No puede ser —lo interrumpe Antonia.

—Vamos, es solo una conjetura. Entiendo que tu madre y Sophie tenían más o menos los mismos años. Por lo tanto, tú y Sophie no podéis ser hermanas por el lado materno. De serlo, Sophie tendría que ser hija de tu padre. Él era bastante mayor que tu madre, ¿verdad?

—Ramón, tú estás loco.

Antonia se acerca a la ventana. Las palabras de Ramón le han producido una desagradable inquietud. En el instante que mira hacia afuera oye un batir de alas. Del alféizar se alza una golondrina y desaparece en medio de la oscuridad.

El silencio de sus palabras

A través de la ventana de la cocina, la fuente del jardín respira quietud. En el borde de la taza hay una jarra de flores ya marchitas que Antonia debió dejar allí para tirarlas más tarde. Sophie toma café en la cocina mientras Antonia, sentada frente a ella, hace una lista para las compras del supermercado.

No sabe cómo hablarle a Antonia de su intempestiva decisión de partir. Cuando le escribió, le dijo que estaría en la isla una semana. Pensó que, además de conocerla, sería una buena oportunidad para tomarse un descanso. ¡Cuán ciega estaba! No es su propósito herir los sentimientos de Antonia, expresándole que es incapaz de quedarse allí, pero tampoco quisiera mentirle más.

Suena su celular y lo responde.

Sophie habla con Gerárd en francés, mientras Antonia, con la punta del lápiz en la boca, la mira atenta. Gerárd logró encontrar un pasaje para esa misma tarde, a las ocho. Él estará esperándola en Orly, le dice. Le pregunta si se encuentra bien. Sophie le responde que sí, que ya le contará todo. Y cuando pronuncia la palabra «todo», su voz se quiebra imperceptiblemente. Quisiera poder hacerlo. Sacar de su cuerpo el secreto y la angustia que lleva consigo. Sí. Lo hará. Camino a casa le contará a Gerárd quién es Antonia y por qué no pudo decirle que era su hermana. Cuando cuelga, Antonia sigue mirándola con el lápiz en la mano.

—¿Te vas hoy? —le pregunta con calma y cierta frialdad.

—Sí —replica Sophie, escueta. La tensión de su cuerpo llega a dolerle, al punto que siente que está siendo jalado por tenazas invisibles desde diferentes direcciones.

—Pensé que te quedabas hasta el martes —Antonia habla con seriedad. No hay asomo de las sonrisas que suelen iluminar su rostro—. ¿Ha pasado algo?

—Es mi asistente, está en problemas —responde Sophie al cabo de un par de segundos.

Antonia guarda silencio. Sobre la superficie del agua de la fuente flotan hojas anaranjadas. No es un silencio pesado; por el contrario, es leve y solícito, como si lo hubiera dejado ahí para darle espacio a sus palabras. Tiene los ojos fijos en ella, y a pesar de que Sophie los elude, no puede desembarazarse de su intensidad. Se levanta de la silla. Ya no soporta los tumbos de su corazón. Resuenan en sus oídos, pero también en todo su cuerpo. Antonia espera que ella resuelva el acertijo que le planteó con su primer mail, con su visita, con los recuerdos que fue reconstituyendo para ella en los paseos. Porque es evidente que ha escuchado el silencio de sus palabras, lo que ha quedado suspendido en el aire sin decirse. Siente tanto haber tenido que llegar hasta aquí para entenderlo. Para comprender que al pasado hay que acercarse con reserva, desde la distancia. Qué sucio e intrincado camino recorren los pensamientos hasta estallar en claridad.

—Voy a armar mi maleta y así ya queda preparada para la tarde. Debiera pedir un taxi para que me recoja aquí a las cinco y media. Es más o menos media hora al aeropuerto, ¿verdad? —pregunta.

—Yo te llevo —señala Antonia.

—Pero a esa hora bañas a los niños, y la cena, y todo eso...

—Ramón puede hacerlo —responde con una convicción que no admite réplicas—. En el camino quiero mostrarte el manglar, es un sitio muy especial, una franja de tierra a escasos metros del mar donde llegan pájaros de todas partes del mundo.

Un lugar sin tiempo

Pasan frente a la lengua de arena que recorrieron recién ayer. El agua, tocada por el viento, tiene una trama rugosa. Ni en las playas ni en los caminos que las rodean divisan figuras humanas, tan solo árboles y los automóviles que circulan por el litoral. A lo lejos, el cielo nublado se ilumina con una luz amarilla y violeta. Antonia tiene la impresión de flotar junto a Sophie en su pequeño automóvil, como si alguien las hubiera dejado caer en un lugar sin tiempo, sin coordenadas. En sus expresiones reluce inquieto el silencio.

Apenas recibió la llamada de París, Sophie comenzó a partir, y desde entonces han hablado poco. Durante el resto del día, ambas han sido incapaces de sostener una charla liviana, pero al mismo tiempo ninguna se armó de valor para plantear un tópico de fondo.

Antonia quisiera preguntarle sobre lo que la oyó decir a través de la puerta, pero no quiere aparecer como una fisgona. Por eso prefiere callar, a pesar de que por la noche, después de las elucubraciones de Ramón, le fue difícil dormir. Quisiera que Sophie le hablara, que le contara más de su madre y de su padre, pero ha perdido el ímpetu para seguir indagando. Tiene la impresión de que algo se extingue en su interior. No es un sentimiento doloroso, quizás porque aquello que pierde nunca llegó a asentarse. Hace años decidió continuar sin entender, y por eso no se hizo demasiadas ilusiones cuando esta amiga de su madre irrumpió en su vida.

Por la ventanilla las dunas reflejan los colores del cielo. Unos pocos kilómetros antes de llegar al aeropuerto está el manglar. Cientos de pájaros sobrevuelan sus esteros, los islotes cubiertos de largos pastos y arbustos.

—Son impresionantes —dice Sophie, señalando los pájaros en vuelo, algunos de enormes alas blancas—. No recuerdo haberlos visto cuando llegamos.

—Vuelan cientos de kilómetros antes de llegar aquí. Este es su sitio de reposo. Ahora se acerca el frío, y ya deben estar por marcharse —dice Antonia.

Sophie piensa en los pájaros que no podrán partir. En los enfermos o heridos, en esos pájaros débiles que tendrán que quedarse atrás cuando sus pares emprendan el vuelo, los ve entumidos y solitarios, ocultos tras los matorrales o sobre las ramas desnudas, esperando que el invierno termine por llevárselos consigo. Con su partida precipitada lo que hace es huir antes de que el frío la atrape.

Para encubrir y espantar la emoción que le produce este pensamiento, Sophie plantea preguntas y Antonia responde con entusiasmo y conocimiento. Le habla de los gansos, de las cigüeñas, de las grullas y las golondrinas. La tensión, en cierta medida, disminuye. Le cuenta que Ramón pertenece a la Sociedad Protectora del Manglar, que intenta defenderlo del avance de la civilización.

—Muchos hacen sus nidos entre los hierbajos, algunos son tan chiquitos que usan musgo y telas de araña para construirlos.

El atardecer desdibuja el contorno de los esteros y de los matojos. Al final del manglar se divisa el aeropuerto. Es un aeropuerto pequeño, construido en los años cincuenta, con la torre de control de color rosa sobresaliendo como un faro de su estructura filiforme.

La sala de embarque está casi desierta. Un grupo de pilotos y azafatas entra riendo y deprisa, arrastrando sus maletas.

—Con la carretera vacía tardamos poquísimo —señala Antonia mientras se dirigen al despacho de equipajes.

Una azafata de tierra las atiende con aire soñoliento. Cuando la maleta de Sophie desaparece por la cinta transportadora, ambas se miran sin decir palabra, sin saber cómo continuar. Antonia decide que ha llegado el momento de despedirse. Sophie respira con rapidez. Pareciera que de pronto el aire de la sala se hubiera vuelto insuficiente para ella.

—¿Estás bien? —le pregunta Antonia—. ¿Te apetece que tomemos un café o una gaseosa?

—Estoy perfectamente, no te preocupes. Es hora de que vuelvas a casa. Deben echarte de menos.

Se hace un silencio. Fuera se oye el rugido de los motores de un avión reuniendo fuerzas para despegar.

—Dale a ese niño tuyo un abrazo gigante. No sabes cómo me hubiera gustado despedirme de todos —se detiene y se pasa la mano por la nariz. Sus labios incoloros están tensos, como si su función fuera mantener a raya las palabras—. Sí, dale a Sebastián un beso muy grande y a Eloísa y a Ramón otro igual.

Antonia siente que todo a su alrededor es lejano, exceptuando a Sophie, quien, a pesar de sus evidentes esfuerzos por ocultarla, destila aflicción. La imagen que tuvo hace unos momentos camino al aeropuerto regresa: la de Sophie y ella en medio de un lugar sin tiempo.

Se despiden con un abrazo que resulta torpe. El cuerpo de Sophie está rígido. Antonia recuerda una de las primeras impresiones que tuvo de ella. La de una mujer que no sabe tocar ni ser tocada. Se desprenden. Sophie, con una sonrisa frágil que pareciera fuera a quebrarse, da media vuelta y echa a andar hacia el fondo de la sala.

Ya en su automóvil, Antonia emite un hondo suspiro. Enciende el motor y acelera. Quiere llegar pronto a casa, sacarse del corazón los extraños sentimientos que la embargan. No puede olvidar la última imagen de Sophie. Su cuerpo largo, doblegado como un bambú, alejándose lentamente; tuvo la impresión de que había caído sobre sus espaldas un peso insoportable. Ella misma se encuentra fatigada por un día enorme.

Al llegar a los esteros, los pájaros han desaparecido. Tan solo una que otra gaviota los sobrevuela. Abre la ventana para respirar. Sigue conduciendo a casa. Su corazón late con rapidez, pero pareciera no bombear con suficiente fuerza. Se detiene en el arcén del camino. Sin los graznidos de los pájaros, el silencio es tan espeso como el mar. Observa las vetas de luz en el fondo e intenta imaginar el océano que se esconde tras la línea del horizonte. Un avión cruza su campo visual. Su nariz, en un ángulo de cuarenta y cinco grados, encara el oriente. Es uno de los más grandes que llegan a la isla. El ruido de los motores parece res-

quebrajar el día. Por un instante piensa que Sophie va en ese avión, pero son las seis y media de
la tarde y falta más de una hora para su partida.
Vuelve a recordar la última imagen de Sophie.

No sabe muy bien por qué, pero lo hace.
Echa marcha atrás y da media vuelta. La silueta
del aeropuerto y la torre de control rosada des-
puntan otra vez al final del manglar.

Nadaron desnudas

No es un sentimiento de tristeza, sino de indefensión. Como si le hubieran robado algo. Por eso, después de haberse lavado una y otra vez las manos en el baño de la terminal, Sophie busca un rincón donde guarecerse. Encuentra un asiento a un costado de la máquina expendedora de gaseosas, desde donde alcanza a ver la pista de aterrizaje. Recuerda que de joven, cuando se sentía así, buscaba una superficie brillante en cuyo reflejo deformado de la realidad enterrar los ojos. Ahora le basta una ventana.

Mira concentrada un avión, aún en tierra, que se mueve con lentitud en la pista principal. Por eso no ve a Antonia cuando se acerca a ella y suavemente toca su hombro.

—He vuelto —dice con una expresión alegre y los ojos muy abiertos. Levanta ambas manos, como si ella misma no entendiera por qué lo ha hecho—. ¿Quieres que nos tomemos ese café antes de que partas? A mí me hace verdadera falta.

—A mí también —dice Sophie con una sonrisa.

El restaurante es estrecho y tiene un aire de antigüedad. Los mozos circulan lentos y parsimoniosos en sus levitas blancas y ajadas.

Antonia le cuenta que Sebastián es un pequeño gran nadador y que cuando cumpla ocho años va a integrar el grupo de niños que entrenan para convertirse en profesionales.

—Ramón ya está pensando en las olimpíadas, ¿te puedes imaginar? —señala sonriendo—. Todo esto, claro está, si Sebastián persiste en su afición. Porque no quisiéramos proyectar en él nuestras aspiraciones frustradas. Aunque la verdad es que con Ramón nos hubiese gustado ser campeones, vaya, de lo que fuese —dice, y ambas ríen.

—Tu madre era también una gran nadadora —afirma Sophie—. Era bellísimo verla en el agua. Cuando entraba en una piscina algo le ocurría, daba la sensación de que era allí donde emergía su verdadera identidad.

—En cambio, ya ves, yo detesto el agua —señala Antonia, sonriendo.

—Tan solo en una ocasión nadamos juntas... —musita Sophie y se detiene.

Por los altavoces escuchan la voz de una mujer. Es apacible y adormilada, como todo en el aeropuerto.

—Oye, ese es tu vuelo, ¿verdad?

—Sí, pero aún faltan varios llamados. Tenemos tiempo para terminar nuestros cafés.

—Imagino que debió de ser muy especial para que lo recuerdes.

—Sí, claro, aunque como a ti, a mí no me gusta el agua. Nadamos desnudas.

Se vuelven a quedar sin palabras. El ímpetu recuperado por el retorno de Antonia pareciera haberse extinguido.

La imagen de los rizos de Morgana abriéndose como una planta marina en el agua atraviesa el tiempo. De pronto Sophie lo ve todo tan claro. Nadaban hacia un futuro incierto con el cuerpo y el alma desnudos. También Diego. Sí, también Diego.

El restaurante ha quedado desierto. Antonia carraspea y el sonido resuena en la estancia. En el ventanal, el avión de Iberia, el único en toda la pista de despegue, hace pensar en un inmenso animal prehistórico. Nuevamente la voz de la mujer anuncia el vuelo.

—¿No deberías entrar?

—Sí —afirma Sophie, pero no hace amago de moverse.

De pronto se siente incapaz de levantarse, coger su bolso y caminar hacia la puerta de embarque. Y no es hasta que escucha su nombre por los altavoces que entiende que no quiere despegarse de Antonia. Es una convicción que la golpea, pero que al mismo tiempo le produce una infinita tranquilidad. Piensa en los pájaros que llegan al manglar. Mira a Antonia. La mitad perdida de sí misma. Lo que las une de una manera que trasciende las formas no es un relato, es el fulgor de alguien que busca su origen, su mismo origen. Si logra transmitirle lo que siente, tal vez Antonia pueda perdonarla.

Fisuras: Paul Simon y Brian Clark

Paul Simon compuso Slip Slidin' Away *en 1977, cuatro años después de que Morgana la cantara ese día fatal de 1973. A veces ocurre así, la realidad se filtra de las formas más extrañas por las fisuras de la ficción. Cuando esto sucede, no hay más alternativa que dejarla seguir sus inesperados caminos.*

*

Brian Clark fue una de las cuatro personas que lograron escapar de un piso por sobre el impacto en la torre sur, el 11 de septiembre de 2001. De origen canadiense, Clark trabajaba para la firma Euro Brokers. Su colega Ron DiFrancesco, también uno de los cuatro sobrevivientes, fue de las últimas personas en salir antes de que la torre colapsara. Despertó tres días después en la cama de un hospital con una conmoción cerebral y gran parte de su cuerpo quemado.

Alfaguara es un sello editorial de Prisa Ediciones

www.alfaguara.com

Argentina
www.alfaguara.com/ar
Av. Leandro N. Alem, 720
C 1001 AAP Buenos Aires
Tel. (54 11) 41 19 50 00
Fax (54 11) 41 19 50 21

Bolivia
www.alfaguara.com/bo
Calacoto, calle 13 nº 8078
La Paz
Tel. (591 2) 279 22 78
Fax (591 2) 277 10 56

Chile
www.alfaguara.com/cl
Dr. Aníbal Ariztía, 1444
Providencia
Santiago de Chile
Tel. (56 2) 384 30 00
Fax (56 2) 384 30 60

Colombia
www.alfaguara.com/co
Calle 80, nº 9 - 69
Bogotá
Tel. y fax (57 1) 639 60 00

Costa Rica
www.alfaguara.com/cas
La Uruca
Del Edificio de Aviación Civil 200 metros
  Oeste
San José de Costa Rica
Tel. (506) 22 20 42 42 y 25 20 05 05
Fax (506) 22 20 13 20

Ecuador
www.alfaguara.com/ec
Avda. Eloy Alfaro, N 33-347 y Avda. 6 de
  Diciembre
Quito
Tel. (593 2) 244 66 56
Fax (593 2) 244 87 91

El Salvador
www.alfaguara.com/can
Siemens, 51
Zona Industrial Santa Elena
Antiguo Cuscatlán - La Libertad
Tel. (503) 2 505 89 y 2 289 89 20
Fax (503) 2 278 60 66

España
www.alfaguara.com/es
Torrelaguna, 60
28043 Madrid
Tel. (34 91) 744 90 60
Fax (34 91) 744 92 24

Estados Unidos
www.alfaguara.com/us
2023 N.W. 84th Avenue
Miami, FL 33122
Tel. (1 305) 591 95 22 y 591 22 32
Fax (1 305) 591 91 45

Guatemala
www.alfaguara.com/can
7ª Avda. 11-11
Zona nº 9
Guatemala CA
Tel. (502) 24 29 43 00
Fax (502) 24 29 43 03

Honduras
www.alfaguara.com/can
Colonia Tepeyac Contigua a Banco
Cuscatlán
Frente Iglesia Adventista del Séptimo Día,
Casa 1626
Boulevard Juan Pablo Segundo
Tegucigalpa, M. D. C.
Tel. (504) 239 98 84

México
www.alfaguara.com/mx
Av. Río Mixcoac, 274
Col. Acacias, Deleg. Benito Juárez,
03240, México D.F.
Tel. (52 5) 554 20 75 30
Fax (52 5) 556 01 10 67

Panamá
www.alfaguara.com/cas
Vía Transísmica, Urb. Industrial Orillac,
Calle segunda, local 9
Ciudad de Panamá
Tel. (507) 261 29 95

Paraguay
www.alfaguara.com/py
Avda. Venezuela, 276,
entre Mariscal López y España
Asunción
Tel./fax (595 21) 213 294 y 214 983

Perú
www.alfaguara.com/pe
Avda. Primavera 2160
Santiago de Surco
Lima 33
Tel. (51 1) 313 40 00
Fax (51 1) 313 40 01

Puerto Rico
www.alfaguara.com/mx
Avda. Roosevelt, 1506
Guaynabo 00968
Tel. (1 787) 781 98 00
Fax (1 787) 783 12 62

República Dominicana
www.alfaguara.com/do
Juan Sánchez Ramírez, 9
Gazcue
Santo Domingo R.D.
Tel. (1809) 682 13 82
Fax (1809) 689 10 22

Uruguay
www.alfaguara.com/uy
Juan Manuel Blanes 1132
11200 Montevideo
Tel. (598 2) 410 73 42
Fax (598 2) 410 86 83

Venezuela
www.alfaguara.com/ve
Avda. Rómulo Gallegos
Edificio Zulia, 1º
Boleita Norte
Caracas
Tel. (58 212) 235 30 33
Fax (58 212) 239 10 51

Este ejemplar se terminó de imprimir en Julio de 2012
En Impresiones en Offset Max, S.A. de C.V.
Catarroja 443 Int. 9 Col. Ma. Esther Zuno de Echeverría
Iztapalapa, C.P. 09860, México, D.F.